AF307099

B. Kilian

Der Panegyrist Eumenius

Antigonos

B. Kilian

Der Panegyrist Eumenius

Unveränderter Nachdruck der Originalausgabe von 1869.

1. Auflage 2024 | ISBN: 978-3-38614-450-6

Antigonos Verlag ist ein Imprint der Outlook Verlagsgesellschaft mbH.

Verlag: Outlook Verlag GmbH, Zeilweg 44, 60439 Frankfurt, Deutschland, info@outlook-verlag.de
Vertretungsberechtigt: E. Roepke, Zeilweg 44, 60439 Frankfurt, Deutschland
Druck: Libri Plureos GmbH, Friedensallee 273, 22763 Hamburg, Deutschland

Der

Panegyrist Eumenius.

—o*o—

Programm

der königlichen Studien-Anstalt zu Münnerstadt

zum

Schlusse des Schuljahres 1868/69

von

B. Kilian,

k. Studienlehrer.

Würzburg.

J. E. Thein'sche Buchdruckerei.

I.

Einleitung.

> Atque oratorum quidem laus ducta ab humili venit ad summum, ut jam, quod natura fert in omnibus fere rebus, senescat brevique tempore ad nihilum ventura videatur. Cic. Tusc. d. II, 2.

Πανήγυρις bedeutete bei den Griechen die Versammlung des ganzen Volkes, dann überhaupt jede größere öffentliche Versammlung zur Feier eines allgemeinen Festes, *πανηγυρικὸς λόγος* die vor der Festversammlung gesprochene Festrede. Solche Reden hatten in Beziehung zu den Ereignissen, an welche das Fest sich knüpfte, das Lob der Götter und Heroen, oder die ruhmvollen Thaten des festfeiernden Volkes, einzelner Städte oder Männer zum Inhalt. Dahin gehören, wenn man von den schon aus den Perserkriegen herrührenden *λόγοι ἐπιτάφιοι*, öffentlichen Grabreden für die Gesammtheit gefallener Krieger [1]) absehen will, die Festreden zu Olympia und Delphi, wie der *Ὀλυμπιακός* und *Πυθικός* des Gorgias, ferner die *λόγοι ἐπιδεικτικοί* und *πανηγυρικοί* des Lysias, der *πανηγυρικός* und *Παναθηναικός* des Isokrates. In der panegyrischen Rede begründeten die Sophisten als Kunstredner, vorzüglich Gorgias, das *γένος ἐπιδεικτικόν* d. h. die Gattung der Schau- oder Prunk-Reden, mit dem Hauptzweck, vor dem hörenden Publikum die Kunst und Fertigkeit im Reden darzulegen und zu gefallen [2]). Indem aber diese Schau- oder Prunk-Reden nach dem Beispiele des Gorgias meistens als Lobreden sich darstellten, erhielt der Panegyricus, der ursprünglich die öffentliche Festrede überhaupt bezeichnete, die engere Bedeutung der

---

[1]) Ursprünglich politisch ward der Ἐπιτάφιος, von Gorgias in das Bereich der sophistischen Beredtsamkeit gezogen, von späteren Theoretikern zum γένος ἐπιδεικτικόν gerechnet. Nach dem Untergang der griechischen Freiheit fiel der politische Charakter weg, und nur einzelnen Angehörigen oder Freunden wurden Leichenreden gehalten, oft von bestellten Rhetoren. Westermann Gesch. d. griech. Bereds. § 63. Anm. 2. § 64. Anm. 5.

[2]) Heyne opusc. acad. VI. p. 84 u. f. Cic. orator. 11. § 37.

prunkenden, auf einzelne Personen sich beziehenden Lobrede, in welchem Sinne Aristoteles das γένος ἐπιδεικτικόν auch technisch als eigene Redegattung dem δικανικόν und συμβουλευτικόν gegenüberseßt [3]).

Als laudatio finden wir den Panegyricus bei den Römern und zwar der griechischen Theorie ent= sprechend zum genus demonstrativum gerechnet [4]). In dieser Eigenschaft äußerte er sich hier, jedoch bei selteнerer Anwendung und freier von Ostentation [5]) zunächst in der sowol in der Republik wie unter der Kaiserherrschaft üblichen, beziehungsweise offiziellen öffentlichen Leichenrede, laudatio funebris, und in Lobreden auf die Götter und Heroen [6]). Abgesehen jedoch von diesen, sowie von Lobeserhebungen, wie sie die Reden pro Marcello, pro Ligario, pro Dejotaro enthalten, von poetischen Arbeiten, wie pane-gyricus ad Mesallam unter dem Namen des Tibullus, oder panegyricus ad Calpurnium Pisonem unter dem Namen des Lucanus, ist der eigentliche Panegyricus unter den Römern eine üppig wuchernde Pflanze des Kaiserreichs. Schon von den Zeiten des Cäsar und Augustus an überstürzte sich nicht nur das Volk in maßlosen Schmeicheleien und niederträchtigen Huldigungen gegen die Kaiser, sondern es machte auch der servile Senat in unwürdigem Wetteifer mit der Volksmenge übertriebene Anträge und kleidete seine Beschlüsse in Lob und Schmeichelei gegen die gefürchteten Machthaber. „Welcher Ort, sagt Plinius paneg. 54. vernahm denn früher nicht unselige Schmeicheleien, da man das Lob unserer Kaiser auch bei öffentlichen Spielen und Wettstreiten feierte, in pantomimischen Tänzen darstellte und durch weichliche Stimmen, Gesänge und Geberden zu vielfachem Gespött entwürdigte. — Das war aber eine Schmach, daß sie zu gleicher Zeit im Senat und auf der Bühne, vom Schauspieler und vom Consul gelobt wurden.... Früherhin wurde kein so alltäglicher, so unbedeutender Gegenstand im Senate berathen, wo nicht diejenigen, die ihre Stimme abgeben mußten, sich lange beim Lob der Kaiser verweilten ..... diese gaben es zu und freuten sich, wie wenn sie es verdient hätten." Vergl. c. 55. Zahlreiche Belege hiefür bieten Suetonius und Tacitus, besonders ann. III, 65.

Der Senat veranlaßte auch den förmlichen Panegyricus als officielle Lobrede auf die Kaiser. Nachdem nämlich Augustus die consularische Gewalt auf Lebenszeit mit der Befugniß erhalten hatte, seine Collegen oder Stellvertreter zu bezeichnen und zur Wahl vorzuschlagen, schon sein Nachfolger aber diese Befugniß dahin ausdehnte, daß er sie aus eigener Machtvollkommenheit ernannte, scheint es Sitte ge= worden zu sein, daß der neue Consul für die ertheilte Würde dem Kaiser in einer Rede dankte. Später wenigstens wurde die bereits bestehende Sitte durch einen Senatsbeschluß dahin bestimmt, daß die neuen Consuln ihre Dankreden im Senat im Namen des Staates halten sollten, „damit aus dem Munde des

---

[1]) Cic. de inv. I, 5. 7: Aristoteles tribus in generibus rerum versari rhetoris officium putavit, demonstrativo, deliberativo, judiciali. Demonstrativum est, quod tribuitur in alicujus certae personae laudem aut vituperationem. Quinct. inst. or. III, 7. 1: Ac potissimum incipiam ab ea (causa), quae constat laude ac vituperatione. Quod genus videtur Aristoteles et eum secutus Theophrastus a parte negotiali, hoc est πραγματικῇ, removisse totumque ad solos auditores relegasse, et id ejus nominis, quod ab ostentatione ducitur, proprium est.

[4]) Quinct. III, 4. 12. II, 10. 11. III, 8. 7.

[5]) Cic. de orat. II, 84.

[6]) Die erstere bezog sich hier jedoch nicht auf eine Gesammtheit, sondern auf einzelne Personen und war in der Monarchie mehr bei der Leichenfeier fürstlicher Personen üblich, wobei die Kaiser selbst als Redner fungirten. Sueton. Caes. c. 6. Aug. c. 100. Calig. c. 15. Nero c. 9, sowie bei Staatsbegräbnissen. Plin. ep. II, 1. 6. Quinct. III, 7. 2. Dio Cass. 60, 27.

Conſuls unter dem Titel einer Dankſagung die guten Kaiſer erfahren ſollten, wie ſie handelten, die
ſchlechten, wie ſie handeln ſollten". Plin. paneg. c. 4 vergl. c. 1. Dieſe Reden der neuen Conſuln
hatten vorzüglich die Verdienſte der Kaiſer um den Staat und deren Lobeserhebung zum Gegenſtand und
entſprachen nur am Ende ihrem eigentlichen Zweck, indem ſie mit einer Dankſagung für die perſönlich
erwieſene Gnade zu ſchließen pflegten ⁷). Ein derartiges redneriſches Produkt haben wir an dem Pane=
gyricus des jüngeren Plinius, eine Lob= und Dank=Rede an den Kaiſer Trajan für das übertragene
Conſulat, welche Plinius bei deſſen Antritt mit Cornutus Tertullus i. J. 100 n. Chr. im Senat, in
Gegenwart Trajans hielt, die wir aber in einer ſpäteren erweiterten Umarbeitung beſitzen; die einzige
von ſeinen zahlreichen, beſonders gerichtlichen Reden, die auf uns gekommen iſt, und, wie angenommen
wird, gerade nicht die beſte ⁸). Deſſenungeachtet galt dieſe Rede als Muſter des Panegyricus. Eine
andere nicht zur Ausführung gekommene Dankrede des Verginius Rufus wird erwähnt bei Plin. ep. II, 1, 5.
Daß dieſe Dankreden der neuen Conſuln, wenn ſie in der Folge auch nicht regelmäßig ſtattfanden, nicht
außer Gebrauch kamen, beweiſt der Panegyricus des Mamertinus pro consulatu gratiarum actio Juliano
Augusto i. J. 362, ſowie des Auſonius pro consulatu gratiarum actio Gratiano Augusto i. J. 379
oder 380. Wie übrigens auch außerhalb Rom, zumal als von Diokletian an daſſelbe den neuen Reſi=
denzſtädten gegenüber ſein bisheriges Vorrecht verloren hatte, das Conſulat übertragen und angetreten
werden konnte, ſo mußten auch die Dankreden nicht immer zu Rom im Senat und in Gegenwart des
Kaiſers gehalten werden; ſie konnten auch in der Provinz, dem abweſenden Kaiſer zu Ehren gehalten und
ihm überſchickt werden; ſo gilt der Panegyricus des Nazarius dem abweſenden Conſtantin; Auſonius erhält
von Gratian ſchriftlich zu Trier ſeine Ernennung zum Conſul und ſchickt dem Kaiſer ſeine Dankrede ⁹).

Außer dieſen Dankreden der neuen Conſuln war der Panegyricus auch bei anderen feſtlichen Ge=
legenheiten in Proſa und in Vers ſehr häufig und wucherte als Glückwunſch=, Lob= oder Dank=Rede
gleich einer Schmarotzerpflanze um die Perſon der Machthaber. Manchem von ihnen waren ſolche pane=
gyriſche Reden mit ihren obligaten Schmeicheleien und übertriebenen Lobhudeleien zuwider, wie wir aus
Spartianus im Leben des Pescennius Niger erſehen c. 11. Dieſer gab nämlich Einem, der ihm einen
Panegyricus vortragen wollte, zur Antwort: Scribe laudes Marci vel Hannibalis, vel alius ducis
optimi vita functi, et dic, quid ille fecerit, ut eum nos imitemur. Nam viventes laudare inrisio
est, maxime imperatores, a quibus speratur, qui timentur, qui praestare publice possunt, qui possunt necare, proscribere; se autem vivum placere velle, mortuum etiam laudari. Gleicher Geſin=

---

⁷) Plin. pan. c. 90. Quia tamen in consuetudinem venit, ut consules publica gratiarum actione perlata suo
quoque nomine, quantum debeant principi, profiteantur, concedite, me non pro me magis munere isto, quam pro
collega meo Cornuto Tertullo fungi. Vgl. Plin. epist. III, 18 Nach Dio Cass. 60, 11: κατέδειξε τοὺς αἱρετοὺς (ἄρχοντας)
μηδεμίαν οἱ χάριν ἐν τῷ συνεδρίῳ γιγνώσκειν, ὅπερ κατά τι ἔθος ἐποίουν pflegten auch die in die Provinzen abgehenden Statt=
halter dem Kaiſer im Senate zu danken, eine Sitte, die bereits unter den Vorgängern des Claudius entſtanden war, von dieſem
aber abgeſtellt wurde.

⁸) Weſtermann Geſch. d. röm. Beredſ. § 85.

⁹) In dieſer rühmt er gerade den Umſtand, daß er ohne alle Umſtände und Formen dem Kaiſer das Conſulat verdanke:
Consul ego, imperator, Auguste, munere tuo, non passus septa, non suffragia, non puncta, non loculos ... Romanus
populus, Martius campus, equester ordo, rostra, ovilia, senatus, curia, unus mihi omnia Gratianus. 16.

nung war Alexander Severus: Oratores et poetas non sibi panegyricos dicentes, quod exemplo Nigri Pescennii stultum ducebat, sed aut orationes recitantes aut facta veterum canentes libenter audivit. Lampr. Alex. Sev. 35. Auch in den Rhetorschulen, die seit dem ersten Jahrhundert der Kaiserzeit in Italien und in den Provinzen immer häufiger wurden, je mehr die Beredtsamkeit ihre politische Bedeutung verlor und die, insoferne die gesammte literarische und rednerische Bildung der folgenden Jahrhunderte von ihnen ausging, nicht nur den größten Einfluß auf den Charakter der Beredtsamkeit ausübten, sondern auch den größten Antheil an derselben sich aneigneten, trat neben den suasoriae und controversiae im Laufe des 2. und 3. Jahrhunderts die laudatio als Vorbereitung für den Panegyricus auf. Gerade hier aber, wo die scientia et facultas declamandi den Schwerpunkt des rhetorischen Unterrichts bildete, wo Lehrer und Schüler in stylistischer Künstelei und pomphaften Phrasen sich zur Schau trugen und die letzteren Schönrednerei und rauschenden Beifall als Hauptzweck der Rede kennen lernten, wurde die Beredtsamkeit vollends zu jenem Zerrbilde verunstaltet, das uns im Panegyricus entgegentritt. Den Verlust der zahlreichen panegyrischen Leistungen des 2. und 3. Jahrhunderts haben wir nicht allzusehr zu beklagen, wenn auch die Erhaltung der einen oder anderen aus historischem Interesse zu wünschen wäre, wie z. B. eine von Eumenius paneg. IV, c. 14 genannte verlorene Lobrede des Fronto auf einen der beiden Antonine nach einem durch Legaten ausgeführten Feldzuge in Britannien. Capitol. Anton. Pius c. 5. Anton. Philos. c. 8 [10]).

Vorzüglich im Schwung, wie es scheint, war der Panegyricus in dem rednerischen Bestrebungen von jeher besonders zugethanen Gallien zu Ende des 3. im 4. und noch im 5. Jahrhundert. Schon seit den Zeiten des Cäsar und Augustus blühten hier die lateinischen Wissenschaften; namentlich fand die Rhetorik vermöge einer natürlichen Anlage der Gallier nicht nur in ihrem eigenen Lande an berühmten Schulen, wie in der Musenstadt der Massilienses trilingues [11]), zu Augustobunum [12]), zu Lugdunum [13]) und anderen hervorragenden Städten eine eifrige Pflege, sondern selbst in Rom gehörten die Gallier zu den ersten Lehrern der Rhetorik, wie L. Plotius Gallus um 93 v. Chr. [14]), Gnipho [15]), Valerius Cato [16]), wie überhaupt wissenschaftliche Bildung, Rechts- und Gesetzes-Kenntniß und vorzüglich Beredtsamkeit den Galliern in Rom den Weg zu Ehren und Würden bahnte; man braucht nur an Virgils Freund Cornelius Gallus aus Forum Julii [17]), Publ. Terent. Varro Atacinus aus Narbo, Trogus Pompejus aus der Nähe von Massilia, Vibius Gallus, Votienus Montanus, Domitius Afer zu erinnern [18]). Dessenungeachtet sind bis gegen das Ende des 3. Jahrhunderts keine rhetorischen Erzeugnisse Galliens auf uns gekommen.

Als unter Diokletian 284—305 zur leichteren Regierung des weit ausgedehnten Reiches und zum besseren Schutz der ringsum bedrohten Grenzen die Theilung des Reiches unter vier Imperatoren stattfand, und die Provinzen, die bisher schon so manchen Kaiser aus ihrer Mitte hatten hervorgehen sehen, in Folge der durch beständige Kriege nothwendig gewordenen dauernden Anwesenheit der Kaiser und durch die auf

---

[10]) Bei dieser Gelegenheit stellt Eumenius den Fronto dem Cicero an die Seite: Romanae eloquentiae non secundum sed alterum decus, ein deutlicher Fingerzeig für den Geschmack der Panegyristen.

[11]) Hieron. praef. lib. II. comment. in ep. Pauli ad Gall. Isid. orig. XV, 1. Walch acta soc. lat. Jen. vol. III. p. 115 u. f. — Tac. ann. IV, 44. — [12]) Tac. annal. III, 43. — [13]) Sueton. Calig. c. 20. — [14]) Quinct. inst. or. II, 4. 42. — [15]) Sueton. de ill. gram. 7. — [16]) Suet. de ill. gr. 11. — [17]) Virg. eclog. X. — [18]) Tac. ann. IV, 42. Quinct. X, 1. 118 u. A.

diese Weise entstandenen neuen Residenzen dem bisherigen Schwerpunkt des Reiches gegenüber immer mehr an Bedeutung gewannen, war es besonders Gallien, dem in Constantius 293—306, wenn auch nicht der mächtigste, doch unstreitig der beste unter den vier gleichzeitigen Beherrschern des römischen Reiches zu Theil ward [19]). Constantius sorgte neben den materiellen auch für die geistigen Bedürfnisse Galliens, ehrte und bevorzugte die Wissenschaften und ihre Vertreter, und machte namentlich seine Residenz Augusta Trevirorum zu einem hervorragenden Musensitze, der auch in der Folge neben Burdigala als Hauptsitz der Gelehrsamkeit glänzte.

Fragen wir aber nach den Wissenschaften, welche in den gallischen Schulen, die im 3. und 4. Jahrhundert tonangebend waren, ihre Pflege fanden, so finden wir die Grammatik, Rhetorik, Poetik, eine kümmerliche Philosophie und die Principien der Rechtswissenschaft. Die Lehrer, wie sie später von Ausonius in seinen professores Burdigalenses gefeiert werden, waren Grammatiker, Rhetoren, Versificatoren, Sophisten. In ihren Schulen erwarb sich die gallische Jugend Rede- und Schreib-Virtuosität, und diese bahnte den Weg zu Ansehen und Aemtern; aus ihnen gingen die öffentlichen Redner, Lehrer, Juristen und Staatsmänner hervor. Der Mangel an bedeutenden Rednern, Dichtern und Geschichtschreibern aber, der jener Zeit besonders eigenthümlich ist, läßt uns auf die geringe Wirksamkeit jener Bildungsanstalten schließen, wenn wir auch nicht durch die vorhandenen dürftigen literarischen Ueberreste aus jenen Zeiten volle Gewißheit darüber hätten. Zu diesen gehören vor allem die sogenannten panegyrici veteres, eine Anzahl größtentheils dem Zeitalter des Diokletian und Constantin angehöriger Glückwunsch- und Lob-Reden auf die Kaiser, von angesehenen gallischen Rhetoren meistentheils in Gegenwart der Kaiser bei festlichen Gelegenheiten gesprochen [20]).

Die XII. Panegyrici veteres tragen in chronologischer Ordnung [21]) folgende Namen und Titel:

I. Claudii Mamertini Panegyricus Maximiano Augusto (zu Trier) 289 [22]).

II. Claudii Mamertini Panegyricus genethliacus Maximiano Augusto zu Trier 291.

III. (IV.) Eumenii oratio pro instaurandis scholis (Augustodunensibus) zu Augustobunum 297.

---

[19]) Im Jahre 285 hatte Diokletian den Maximian zum Cäsar, 286 zum Augustus ernannt und als Mitregenten angenommen. 293 nahm jeder von ihnen noch einen Mitregenten an, Diokletian den Galerius, Maximian den Constantius. Diese vier Regenten beherrschten das römische Reich in der Weise, daß im Osten Diokletian als Augustus den Orient, Thrazien und Aegypten mit der Residenz Nikomedia, Galerius als Cäsar Illyrien, Pannonien und Griechenland mit der Residenz Sirmium; im Westen Maximian als Augustus Italien, Spanien und Afrika nebst den Inseln mit seinem Sitze zu Mediolanum, Constantius als Cäsar Gallien und Britannien mit dem Sitze Augusta Trevirorum inne hatte. Aur. Vict. Caes. 39. Eutrop. IX, 22 Oros. VII, 25. Rom war somit leer ausgegangen.

[20]) Heyne Censura XII paneg. vet. Opusc. acad. VI. p. 91 u. f.

[21]) Diese Ordnung ist eingehalten in den Ausgaben von de la Baume, Cellarius, Jäger und Arntzenius; die letztere Ausgabe jedoch ohne die pp. XI. u. XII. Die übrigen älteren Herausgeber weichen mehr oder weniger davon ab. Auch ist bisweilen der Panegyricus des Plinius an erster Stelle beigefügt, wie dieses auch in der neuesten, die gesammelten Noten der früheren Herausgeber enthaltenden Ausgabe von Valpy, London 1828, 5 Bände, der Fall ist.

[22]) Monnard De Gallor. oratorio ingen. rhetorib. &c., Bonn 1848, p. 80, ist für seine Behauptung: Mamertino honor contigit, si honor est, panegyricos in Galliam introduxisse et nauseabundarum assentationum primum dedisse exemplum. Alii non aliter gloriosi ejus vestigia presserunt. den Beweis schuldig geblieben. Der Umstand, daß außer der vorhandenen Sammlung, in welcher der Panegyricus des Mamertinus i. J. 289 der Zeit nach der erste ist, keine früheren. Gallien

IV. (III.) Eumenii Panegyricus Constantio Caesari (recepta Britannia) ʒu Trier 297.

V. (Incerti) Panegyricus Maximiano et Constantino ʒu Trier 307.

VI. Eumenii Panegyricus Constantino Augusto ʒu Trier 310.

VII. Eumenii gratiarum actio Constantino Augusto (Flaviensium nomine) ʒu Trier 311.

VIII. (Incerti) Panegyricus Constantino Augusto (ʒu Trier) 313.

IX. Nazarii Panegyricus Constantino Augusto (ʒu Rom) 321.

X. Mamertini gratiarum actio pro consulatu Juliano Augusto (ʒu Rom ober Conſtantinopel) 362.

XI. Latini Pacati Drepanii Panegyricus Theodosio Augusto ʒu Rom 391.

XII. Fl. Cresconii Corippi de laudibus Justini Augusti minoris lib. IV. ein byʒantiniſches Hofgebicht aus ber 2. Hälfte bes 6. Jahrh.

Die panegyrici veteres gelten im Vergleich ʒur Berebtſamfeit bes leßten Jahrhunberts ber Republif unb bes auguſteiſchen Zeitalters als bie eigentlichen Denfmäler ber entarteten lateiniſchen Rebe unb nicht mit Unrecht. Drücenbe politiſche Zuſtänbe, moraliſche Verborbenheit, niebrige Denfart, geiſtige Kraftloſigfeit, ausgeartete Rhetorif, ſinb bie Faftoren, bie mehr ober weniger auf jene Probufte theils einwirften, theils ſie hervorriefen unb ihnen ihren Stempel aufbrücte. Mehr als bie hiſtoriſchen Schriften jener Zeit gewähren bieſe Reben einen Einblic, wie mit ben Zeiten unb Verhältniſſen auch bie Menſchen anbere geworben, wie mit bem Verfall ber politiſchen unb moraliſchen Principien ber Verfall bes geiſtigen Lebens unb Strebens Hanb in Hanb gegangen, wie bas ehebem großartige, burch bas Gefühl ber Freiheit getragene Volfsbewußtſein in Sflaverei ſich umgewanbelt, wie bie einſt fräftige unb würbevolle Sprache ʒu einer in Kleinlichfeiten ſich ergebenben Zungenfertigfeit ausartete. Den meiſten Grunb ʒu ihrer ungünſtigen Beurtheilung geben bie panegyrici veteres wegen ihrer Tenbenʒ. Hatte ſchon ber Panegyricus bes Plinius unb, wie bieſer, wol auch bie conſulariſchen Danfreben Anberer, anſtatt ihren Zwec als ſolche ʒu erfüllen, größtentheils Lobeserhebungen unb Schmeicheleien gegen bie faiſerlichen Gönner ʒum Jnhalt, wobei eine nach ber anberen in feierlicher Weiſe immer wieber bas nämliche Thema behanbelte unb noch weiter ausſchmücte [23]), ſo ſinb bie galliſchen Panegyrici, insbeſonbere bie Reben eines Mamertinus unb Auſonius, in noch höherem Grabe ſorgfältig ausſtubirte Lobreben voll niebriger Schmeichelei unb maßloſer Uebertreibungen ben Gewalthabern gegenüber. Dieſe Götter ber Erbe aber, theilweiſe nur im Beſiße ſolbatiſcher Tugenben, ja wie Maximian unb Galerius, mitunter rohe Naturen, repräſentirten in manchen Fällen gerabe bas Gegentheil beſſen, was an ihnen gelobt wurbe. Das Lob ber Panegyriſten iſt eben ein unbebingtes. Bei bem Mangel wahrer Tugenb wirb bas Gewöhnliche, Alltägliche, Zufällige als vorʒügliches Verbienſt hervorgehoben, bem Uneblen werben eble Motive unterſchoben, gewaltthätige Hanblungen werben als rühmlich, ſtaatsflug unb vortheilhaft hingeſtellt. Kleinigfeiten gelten als Großthaten [24]), bie Verbienſte Anberer werben ben Herrſchern beigemeſſen unb namentlich

angehörigen panegyriſchen Reben vorhanbenen ſinb, fann wol nicht ʒu ber Annahme berechtigen, baß ber Panegyricus, ber in Rom ſchon über ʒwei Jahrhunberte, wenn auch in beſcheibenerem Maße üblich war, ber galliſchen Rhetorif vorher überhaupt fremb geweſen ſei, unb baß Mamertinus ihn hier erſt eingeführt habe.

[23]) proprium laudis est, res amplificare et ornare. Quinct. III, 7. 6.

[24]) Non facta praeclara ornare, illustrare, quid in iis admiratione dignum sit exponere, saltem ea ampliora et

die glücklichen Ereignisse im Kriege als ihr ausschließliches Verdienst gepriesen, sie werden zu den Göttern emporgehoben, ihre Gegner in den Koth herabgezogen, die Vorgänger zurückgesetzt, große Männer des Alterthums in Schatten gestellt. Daß die Kaiser, oftmals ohne eines wirklichen Verdienstes sich bewußt zu sein, solche panegyrische Lügen anhören, die Redner ihnen in das Angesicht sagen und die Zuhörer Beifall klatschen konnten, beweist auf allen Seiten eine gleiche Geschmacklosigkeit, um nicht zu sagen Nichtswürdigkeit. Einem schrankenlosen Despotismus entsprach eine maßlose Sklaverei; die geknechteten Völker küßten ihre Sklavenketten und dankten den Göttern, den himmlischen und den irdischen für ihre Knechtschaft.

Eine bessere Beurtheilung verdienen die gallischen panegyrici in Bezug auf ihre Form. Gewandtheit im Gebrauch der Sprache und Redefülle kann ihnen nicht abgesprochen werden; auch muß anerkannt werden, daß der vorzugsweise durch diese Reden repräsentirte schwungvolle. gallische Styl cothurnus Gallicanus ungleich bescheidener ist, als der tumor Africanus, daß dieselben einen ziemlichen Grad von Correctheit zeigen, oft an die Schriftsteller der classischen Zeit erinnern und durch lebhafte Schilderungen nicht selten zu fesseln vermögen. Allein diesen ihren Vorzügen gehen nicht geringe Fehler zur Seite. Häufiges Streben, Ungewöhnliches und Hochtönendes zu sagen, wortreiche Kleinlichkeit, pomphafte Vergleiche und Bilder, spitzfindige Distinctionen und Gegensätze, gesuchte Figuren, Prunk mit Beispielen aus dem Alterthum, kurz, nichtssagende Feierlichkeit und Künstelei charakterisirt im allgemeinen die Sprache der panegyrici veteres.

Auf der anderen Seite sind sie nicht ohne Werth für die Geschichte des römischen Reiches unter Diokletian und Constantin, so sehr derselbe auch auf Grund ihrer panegyrischen Tendenz herabgedrückt erscheint. Es finden sich in ihnen nicht nur zahlreiche Anspielungen auf die damaligen Ereignisse, wodurch, wie die Zeit der Abhaltung der einzelnen Reden, so daraus wiederum die Chronologie der Ereignisse bestimmt werden kann, sondern bei ihrem Streben, auch das Kleinste zum Gegenstand ihres Lobes zu machen, auch ausführlichere Schilderungen historischer Thatsachen. In dieser Beziehung müssen uns die panegyrici sogar willkommen sein, da sie uns bei den höchst spärlich fließenden geschichtlichen Nachrichten aus jenen Zeiten in der einen oder anderen Situation doch manche Aufklärung geben. Nur muß man sich hüten, ihnen mehr zu glauben, als die nackten Thatsachen, die wie dürftige Bildlein in breiten reichverzierten Rahmen uns entgegentreten.

Der vorhandene Text, dessen Unsicherheit mitunter Verlegenheit bereitet, läßt noch auf manche Verbesserungen warten, soviel auch hierin durch die Herausgeber, namentlich durch Livinejus, Gruterus, Cellarius und Schwarz geschehen ist. Die Textes-Verbesserung der Panegyriken hat insoferne ihre Eigenthümlichkeit, als man hier gegen die gewöhnliche Art und Weise dem Charakter dieser Reden gemäß eine Spitzfindigkeit zu conjiziren bisweilen kein Bedenken tragen darf, andererseits der Versuchung zu Conjecturen mitunter widerstehen muß, wenn man die panegyrici nicht corrigiren will.

Die panegyrici veteres haben doch auch ihre Bewunderer gefunden. Pontanus nennt sie praeclaros et valde laudabiles. Lipsius: bonos oratores et ad Atticae eloquentiae exemplar. Arnz. praef. I.

---

magnificentiora reddere, fuit propositum, sed communia quaevis et vulgaria in majus extollere, hyperbolice exaggerare, fuco commentitio incrustare. Heyne op. acad. VI. p. 93.

Cuſpinianus in der Vorrede zu ſeiner Ausgabe, Wien 1513: elegantissimae orationes. Cellarius konnte in der Vorrede zu ſeiner Ausgabe, Halle 1703, ſogar ſagen: Nec vero sine damno eruditionis his orationibus juventus, quae ad elegantiorem doctrinam instituitur, carere potest, aut eorum artificium ignorare. Ferner in der Dedication ſeines Werkes: non ab re ac officio me puto facere, quod nitidissimas orationes illas ... juventuti nostrae legendas et imitandas commendo. Dieſe Anſicht des Cellarius billigte auch Jäger praef.: Nam praeter quam quod optimum quemque ad imitandum sibi proposuerunt, ipsi ab ingenio, artibus, doctrinis adeo fuere instructi, ut jure ac merito studiosis eloquentiae et humanitatis ab idoneis harum rerum arbitris commendentur.

II.

Lebensverhältniſſe des Eumenius.

Für das Leben und Wirken des Eumenius, des Lehrers und Vorſtandes der Rhetorſchule zu Au=
guſtobunum und Verfaſſers von vier noch vorhandenen panegyriſchen Reden, bieten ausſchließlich dieſe
ſeine Reden, beſonders die pro instaurandis scholis, die Anhaltspunkte. Der Name Eumenius, der die
griechiſche Herkunft andeutet, kommt nur einmal und zwar in der genannten Rede c. 14 vor, wo Eume=
nius das kaiſerliche Schreiben veröffentlicht, in welchem Conſtantius ihm die Vorſtandſchaft der Schule
von Auguſtobunum überträgt und das mit den Worten ſchließt: vale, Eumeni carissime nobis! An
derſelben Stelle erſcheint auch der Name oppidum Augustodunensium, welchen Muſenſitz Eumenius
wiederholt als ſeine Vaterſtadt bezeichnet und der auch damals noch gegen Ende des 3. Jahrhunderts, wie
im 1. eine eifrige Pflege der Wiſſenſchaften unterhielt und eines vorzüglichen Rufes ſich erfreute [1]. Schon
des Eumenius Großvater, ein geborener Grieche, hatte, nachdem er von Rom aus nach Auguſtobunum
übergeſiedelt war und aus Wohlgefallen an dem wiſſenſchaftlichen Streben dieſer Stadt, ſowie aus Liebe
zu ihrer angeſehenen Schule ſich bleibend niedergelaſſen hatte, daſelbſt als Rhetor gelehrt [2]. Das Ge=
burtsjahr des Eumenius läßt ſich nicht mit Beſtimmtheit angeben. Aus paneg. VII, 4: sed tamen, si
illa vetustate obsoleverunt, quid haec recentia, quae pueri vidimus? wo von Claudius Gothicus
268—270 die Rede iſt, läßt ſich ſchließen, daß dasſelbe unter die Regierung des Gallienus, etwa in die
Jahre 256—260 fällt, womit auch eine andere Aeußerung paneg. VI, 1. aus dem Jahre 310 überein=
ſtimmt, wo Eumenius ſich mediae aetatis hominem nennt. Sein Todesjahr iſt gänzlich unbekannt [3].
Seine erſten Mannesjahre und wol ſeine ganze Jugend verlebte Eumenius in ſeiner Vaterſtadt Auguſto=
bunum, wo er ſich dem Studium der Rhetorik und dem Unterricht der Jugend widmete, ohne daß er

---

[1] Tac. ann. III. 43. Augustodunum, caput gentis (Aeduorum) armatis Sacrovir occupaverat, ut nobilissimam
Galliarum subolem liberalibus studiis ibi occupatam et eo pignore parentes propinquosque eorum adjungeret.

[2] Pro inst. schol. c. 17.

[3] Bähr, Geſch. d. röm. Litt. §. 305 nimmt das Jahr 311 als das Todesjahr des Eumenius an. De la Baune und
Schwarz ſagen geradezu: incertum est, quo ille anno natus mortuusque fuerit.

durch öffentliches Auftreten als Redner die Rhetorik auch praktisch ausübte[4]). Durch Empfehlung des Constantius erhielt er Gelegenheit, um das J. 286 eine nicht mehr vorhandene Lobrede auf Maximian und Diokletian zu halten, wodurch er sein zukünftiges Glück begründete[5]). Er trat in die unmittelbaren Dienste Maximians und begleitete ihn auf seinem Feldzuge gegen die Alemannen 287[6]). Welcher Art die Dienste des Eumenius bei Maximian waren, ob er nämlich schon bei diesem, wie später bei Constantius das Amt des magister memoriae sacrae, oder vorerst noch eine mehr untergeordnete Stelle bekleidete, läßt sich mit Sicherheit nicht bestimmen. Mit der Ernennung des Constantius zum Cäsar 293[7]) trat er in die Dienste des letzteren und zwar als kaiserlicher Geheimsekretär magister memoriae sacrae. In dieser hohen Stellung in der unmittelbaren Umgebung des Constantius erwarb sich Eumenius durch sein Talent und seine würdevolle Haltung die Achtung und das volle Vertrauen seines Herrn. Der Inhalt und Umfang dieses neuen Amtskreises des Eumenius war im Wesen wol kein anderer, als er in der gegen Ende des 4. oder Anfang des 5. Jahrhundert abgefaßten und auf die Constantinischen Einrichtungen sich stützenden Notitia dignitatum orientis et occidentis angegeben ist[8]). Der magister memoriae sacrae war zur Zeit des Constantius wahrscheinlich der erste unter den kaiserlichen Kanzleivorständen; er fertigte die vom Kaiser empfangenen Befehle und Aufträge aus, sorgte für deren Veröffentlichung und Zustellung, verfaßte nach der vom Kaiser empfangenen Instruction die Antwortschreiben auf Bittschriften und ist zugleich der Archivarius der kaiserlichen Kanzlei. Eumenius bekleidete dieses Amt einige Jahre. Vor dem britannischen Feldzuge 296 trat er in das Privatleben zurück. Ob dieser Rücktritt für immer oder nur auf eine gewisse Zeit beabsichtigt war, läßt sich nicht bestimmen; ebensowenig läßt sich der Grund desselben sicher ermitteln[9]). Unterdessen beschäftigte er sich in seiner Vaterstadt Augustobunum oder in

---

[4]) pro inst. schol. c. 1. — [5]) paneg. IV, 1, 5. pro inst. sch. 6, 2. — [6]) pang. IV, 2, 1.

[7]) Ueber die Zeit der Ernennung der Cäsaren Constantius und Galerius s. Preuß „Kaiser Diokletian u. s. Z." Leipz. 1869. Anhang I.

[8]) Not. dign. ed. Böcking. in part. occid. cap. XVI. p. 60: magister memoriae annotationes omnes dictat et emittit, respondet tamen precibus. Wie die meisten Einrichtungen, Namen und Titel der Constantinischen Ordnung nicht durchaus neu waren, sondern wie die Theilung der Reichsgeschäfte, die Zersplitterung der größeren Provinzen in kleinere, die Vervielfältigung der Beamten, das Entstehen eines Hoflebens mit orientalischen Formen bereits früheren Zeiten, namentlich der Regierung des Diokletian angehören, so war auch das Amt des memoriae magister längst vorhanden. Schon unter den ersten Kaisern hatte das kaiserliche Archiv- und Kanzleipersonal, welches meistens aus Freigelassenen bestand, in mehrere Büreaur, scrinia, officia, sich zu theilen begonnen: ab epistolis und zwar graecis und latinis, a libellis, a rationibus, a memoria, welche unter Leitung von einem oder mehreren magistri oder principes standen. Suet. Claud. c. 28. Tac. ann. XV, 35. XVI, 8. Lamprid. Alex. Sev. c. 31 u. a. Mit der großen Organisation der Hof- und Staats-Aemter unter Constantin empfingen auch diese scrinia einen bestimmt abgegrenzten Wirkungskreis. Die not. dignit. führt 4 scrinia auf: memoriae, epistolarum, libellorum und dispositionum, deren jedes mit Ausnahme des letzten einen magister vom Range der spectabiles an der Spitze hatte und die dem Amtskreis des magister officiorum unterstellt waren. Nach Eumen. pro instaur. sch. c. 5. erscheinen diese magisteria im unmittelbaren Dienste der Kaiser als die höchsten für einen Studirenden erreichbaren Würden.

[9]) Eumenius sagt paneg. IV, 1, 4: post indultam a pietate vestra quietem. Daß keine Mißhelligkeiten vorkamen, mag der Umstand beweisen, daß Constantius den Eumenius auch nach seinem Rücktritt mit großer Achtung behandelte, seine ganze Besoldung ihm ließ und unter Verdoppelung derselben kurze Zeit darauf ihn auf einen anderen sehr ehrenvollen Posten stellte. Eumenius scheint selbst um Entlassung aus einem Dienste gebeten zu haben, der seiner Neigung zu ruhiger Thätigkeit nicht entsprach; der bevorstehende Feldzug nach Britannien mag ihn ganz besonders zu einem solchen Schritte gedrängt haben.

der Nähe derselben mit Landbau [10]). Als dann Constantius aus Britannien zurückkehrte, hielt Eumenius wahrscheinlich zu Trier im Namen der Aeduer den panegyricus IV., eine Glückwunschrede auf den sieg= reichen Cäsar. Wie ehedem die bereits genannte Lobrede auf Maximian ihn an das Licht gezogen hatte, so mag diese im Frühling des J. 297 vor Constantius gehaltene Glückwunschrede dazu beigetragen haben, daß dieser ihn neuerdings aus seiner Zurückgezogenheit in das öffentliche Leben zurückführte. Constantius hatte es sich nämlich zur Aufgabe gemacht, die in den vorhergehenden Jahren durch wiederholte Kriege und Räubereien dem gallischen Lande geschlagenen Wunden zu heilen und namentlich der durch die ab= trünnigen gallischen Legionen i. J. 269 zum großen Theile verwüsteten Stadt Augustobunum wieder auf= zuhelfen. Waren bei jener Verwüstung auch die schönen Gebäude der altberühmten Schule in Asche gesunken, so hatte diese nach kurzer Unterbrechung doch fortbestanden. Jetzt aber hatte sie ihren Vorstand durch den Tod verloren; da war es Eumenius, dem Constantius die Leitung dieser gleichsam verwaisten Anstalt anvertrauen zu müssen glaubte. Er übertrug ihm das neue Amt durch ein höchst anerkennendes Schreiben, welches Eumenius pro inst. sch. c. 14 mittheilt. Mit der Uebertragung der Vorstandschaft über die Schule von Augustobunum verband Constantius einen Gehalt von 600000 Sest., indem er näm= lich die Besoldung von 300000 Sest., die Eumenius als magister memoriae sacrae erhalten hatte, nicht nur ihm ließ, sondern sie verdoppelte. Eumenius nahm diese Summe als Ehrensold dankbarst an, beschloß aber, in großmüthiger Weise zu Gunsten seiner Vaterstadt zur Wiederherstellung der zu Grunde gegangenen Schulgebäude (Mänianen) von ihr Gebrauch zu machen. Den Wiederaufbau der Mänianen ins Werk zu setzen und zu seinem Vorhaben die Genehmigung des Constantius zu erhalten, hielt Eumenius in der 2. Hälfte des Jahres 297 die Rede pro instaurandis scholis.

Ueber die Thätigkeit des Eumenius als Lehrer der Rhetorik zu Augustobunum, über die Art und Weise seines Unterrichts und dessen Erfolge sind wir mit Ausnahme einer gelegentlichen Aeußerung paneg. VI. c. 23 aus dem J. 310 ohne alle Nachrichten. Aus der genannten Stelle geht hervor, daß Eumenius nach 13jähriger Lehrthätigkeit die Freude genoß, viele seiner Schüler theils als Juristen und Sachwalter, theils als Beamte im unmittelbaren Dienste der Kaiser, theils als Provinzialbeamte auf sehr angesehenen Posten zu sehen, und somit in Erfüllung gehen sah, was er ehedem als Zweck und Aufgabe der Schule von Augustobunum ausgesprochen hatte [11]). Außerdem lassen die in seinen Reden hie und da vorkommenden Bemerkungen den Schluß zu, daß Eumenius wie für das Studium der Wissenschaften, so auch für die studirende Jugend, für deren Bildung und Erziehung mit Liebe und Begeisterung erfüllt war und seine Schüler gleichsam als seine Kinder ansah [12]).

Die größten Verdienste erwarb sich Eumenius als beredter und einflußreicher Fürsprecher seiner Vaterstadt. Im Jahre 310 hielt er zu Trier am Jahrestage der Gründung dieser Stadt den panegyri= cus VI. auf Constantin, an dessen Ende er diesen einladet und bittet, Augustobunum mit einem Besuche

---

[10]) Paneg. IV, 1. Auf den Ort ist hingewiesen pan. IV, 21, 2, wo Eumenius erklärt, daß er ganz besonders im Namen der civitas Aeduorum seine Glückwünsche auszusprechen habe; demnach war er ohne Zweifel von ihnen hiezu beauftragt, was seinen Aufenthalt in ihrer Nähe voraussetzt.

[11]) Pro inst. sch. c. 5, 4. — [12]) Pan. VI, c. 23, 2.

zu beehren, das von seinen früheren Unglücksfällen sich immer noch nicht ganz erholt hatte und von seiner Anwesenheit am ersten Hülfe erwarten zu dürfen glaubte. Constantin erfüllte diese Bitte und kam nach Augustobunum, erleichterte den Bewohnern durch Herabsetzung des Census von 25000 auf 18000 Steuerhufen die Steuerzahlung und erließ ihnen die Rückstände von fünf Jahren. Bald darauf reiste Eumenius neuerdings nach Augusta Trevirorum und hielt hier in Gegenwart des kaiserlichen Hofes und der fremden Gesandten im Namen seiner Vaterstadt, die Constantin zu Ehren jetzt den Namen Flavia Aeduorum angenommen hatte, den panegyricus VII. als Dankfagungsrede. Von da an hören wir nichts mehr von ihm.

Ueber seine Familie gibt Eumenius an zwei Stellen vorübergehend Andeutung. Pro inst. sch. c. 6, 2 spricht er von einem Sohne, den er nach seinem Rücktritt vom Amte des memoriae sacrae magister für das Lehramt der Rhetorik vorzubereiten beabsichtigte. Paneg. VI, 23. 1. u. 2 empfiehlt er dem Kaiser Constantin seine fünf Kinder, besonders einen Sohn, der im kaiserlichen Dienste bereits ein angesehenes Amt bekleidete: tibique, quod superest, commendo liberos meos praecipueque illum jam summa fisci patrocinia tractantem, in quem me totum transtulit pietas; cujus felix servitus, si quando respexeris, maxime tuae conveniet aetati. Ceterum quod de omnibus liberis dixi lata est, imperator, ambitio. Praeter illos enim liberos quinque, quos genui, etiam illos quasi meos numero, quos provexi ad tutelam fori, ad officia palatii.

III.

Reden des Eumenius.

Bernhardy röm. Littg. Anm. 563 sagt: „Zwei Reden gehören sicher dem Eumenius an: Pro instaurandis scholis Augustodunensibus (III.) und Gratiarum actio Constantino (VII.). Zwei panegyrici Constantino (IV. u. VI.) [1] haben im Neuere ganz willkürlich beigelegt, auch sind sie seiner
unwerth." Gegen die letztere Behauptung bestehen triftige Gründe, die der Hauptsache nach bei Arntzenius
paneg. IV, c. 1 und paneg. VI. c. 1 angegeben sind und passender bei der folgenden Besprechung der
einzelnen Reden erörtert werden können. Nur Folgendes sei hier zum voraus bemerkt: Die Neueren, die
dem Eumenius vier der vorhandenen panegyrici, also auch den paneg. IV. Constantio Caesari und den
paneg. VI. Constantino Augusto vindiziren, sind: Lipsius, Livinejus, Gruterus, de la Baune,
Schwarz, Fabrizius bibl. lat. II., p. 770. Jaeger und Arntzenius. Bei Rhenanus, H. Stephanus
und Rivinus dagegen erscheinen paneg. IV. u. VI., sowie auch paneg. VII. als anonym. Rhenanus
ist geneigt, den paneg. IV., den er mit Stephanus und Rivinus irrthümlicher Weise auf Maximian gesprochen sein läßt, dem Mamertinus beizulegen [2]. Abgesehen von den inneren Gründen, welche den
Eumenius auch als Verfasser der beiden genannten Reden darthun, ist hier zum voraus zu constatiren,
daß, was die Bearbeitung der panegyrici veteres betrifft, die drei letzteren älteren Herausgeber den
vorhergenannten späteren an Autorität nachstehen und von diesen oft berichtigt werden müssen [3]. Ferner
ist zu bemerken, daß der Versuch, den paneg. IV. und paneg. VI. dem Eumenius abzusprechen, auf
Rhenanus als Quelle zurückzuführen ist, dem H. Stephanus in seinen Ausgaben 1581, 1591, 1604,
und Rivinus 1664 im Text und in der Erklärung folgten. Rhenanus aber hatte seinen eigenen Gründe;
er hatte es sich zur Aufgabe gemacht, den Eumenius der Stadt Cleve zu vindiziren, indem er pro inst.

---

[1] Der paneg. IV. gilt nicht dem Constantin, sondern dem Constantius.

[2] Auch in dem Verzeichniß der Varianten des cod. Vetus und cod. Vaticanus von Claudius Puteanus erscheint Eumenius
nur als Verfasser der einen Rede pro inst. schol. Arntzen. p. 799. A. Fabrizius bibl. lat. II. p. 770 glaubt dem Eumenius
außer den genannten vier Reden auch den paneg. V Maximiano et Constantino zutheilen zu sollen.

[3] De la Baune praef. Arntzen. p. 784, 798, 800.

schol. c. 14. „Augustodunensium oppido“, oder vielmehr das in mehreren Handschriften vorhandene Augusto Divensium in „Augusto Cliviensium“ verwandelte und so die ganze Sache nach Cleve verlegt. Das Streben, diese Ansicht zur Geltung zu bringen, erklärt manche seiner willkürlichen Conjecturen, die er selbst als solche anerkannte ⁴). Aus dem nämlichen Grunde, wie Rhenanus, spricht Pighius Herc. Prod. p. 48 dem Eumenius die fraglichen Reden ab ⁵). Diese Ansicht, die dem ganzen Inhalt der Rede pro inst. schol. widerspricht, hat J. Lipsius exc. zu Tac. ann. III. gebührend zurückgewiesen ⁶).

Wegen des Zusammenhanges mit den Lebensverhältnissen des Eumenius und um für die Beurtheilung der ihm abgesprochenen Reden einen Maßstab zu haben, erscheint es gerathen, zuerst die Rede pro instaur. scholis zu besprechen.

a. Für die Wiederherstellung der Mäxianischen Schulen ⁷).

Diese Rede ist gehalten auf dem Forum zu Augustodunum in Gegenwart des Statthalters des I. Lugdunensischen Gallien, zu welcher Provinz die Aeduer gehörten ⁸). Der Name des Statthalters ist

---

⁴) Panegyricos veteres aliquando percurri, vetustatem curiosius excutiens et in his inter legendum obiter in meum dumtaxat usum quaedam annotavi, quaedam restituere conatus sum, judicium tantum meum secutus; nam exemplari vetusto carebam. cum quo conferrem. Rhen. praef.

⁵) Hanc orationem dixit Aeduus quidam orator, qui in palatio ab arcanis principum aliquando fuerat et post indultam quietem ad ruris studium secesserat. Non igitur hic Eumenius fuit, qui in aula Constantii Caesaris magister memoriae fuerat et ejusdem deinde jussu duplicato cum stipendio scholis Cliviensibus est praefectus.

⁶) Ueber eine angebliche Statue des Eumenius zu Cleve sagt Braun comment. de vestitu sacerd. Hebr. p. 390. Persuasissimum mihi est, statuam, quae Clivis in aula conspicitur, non magis Eumenium rhetorem, quam Nebukadnezarem, Alexandrum magnum aut ipsum Herculem referre. Non enim rhetorem, sed militem certissimo exhibet.

⁷) Zu Grunde liegt der Text des Arntzenius. Panegyrici veteres cum not. et animadv. viror. erudit. ed. Henr. Joan. Arntzenius. Trajecti ad Rhen. 1790—1797.

⁸) Die Reichseintheilung durch Diokletian, bisher nur aus allgemeinen Andeutungen Lact. de mort. pers. c. 7 und aus einzelnen Stellen des cod. Theod. und der notit. dignit. vermuthet ist jetzt durch den von T. Mommsen 1862 in der Veroneser Bibliothek entdeckten Catalog (Abhandl. d. Berl. Akad. 1862, Phil. histor. Abth. S. 469 u. f.) bestättigt. Preuß. Diocl. S. 92. Das Reich wurde hiernach in 12 Diöcesen abgetheilt. Der Antheil des Constantius umfaßte 3 derselben: Britannien, Gallien und Viennensis. Die Diöcese Gallien enthielt 8 Provinzen, unter ihnen Lugdunensis prima und secunda. In der späteren Eintheilung, wie sie die not. dignit. angibt, gab es unter den 17 gallischen Provinzen 4 Lugdunensische. Nach den Angaben der not. dignit. gehörte Lugdunensis prima zu den 22 consularischen Provinzen und führte sein Statthalter den Titel „spectabilis“, der wie der Titel clarissimus den Provinzial-Statthaltern zweiten Ranges: den vicarii, comites, duces, consulares, correctores und praesides zukam. Eumenius braucht in dieser Rede wiederholt die Anrede: vir perfectissime! Die Würde des perfectissimatus, die in der not. dignit. dem Präses der Provinz Dalmatien beigelegt wird cap. XLV. (vergl. Böcking annot. ad not. dignit. p. 1189, Controverse gegen Pancirolus) bezeichnete neben dem Titel egregius selbst in der Constantinischen Ordnung weniger eine amtliche Stellung, als den persönlichen Rang des mit diesem Ehrenprädicat Bekleideten, und wurde von Constantin nach Willkür verschiedenen Beamten beigelegt. Pauly R. E. tit. illustris. Um so mehr ist in der vorconstantinischen Zeit das Prädicat perfectissimus als ein lediglich persönlicher Titel anzusehen, der neben anderen Titeln, wie clarissimus, gloriosissimus den Statthaltern und Verwaltern der Provinzen, den Senatoren, sowie hervorragenden Männern überhaupt zukam.

unbekannt. Ihrem Hauptzwecke nach ist sie nicht eine Lobrede, wenn gleich den Herrschern, namentlich dem Cäsar Constantius, ein reichliches, im Vergleich zu den anderen panegyrischen Reden aber immer noch gemäßigteres Lob gespendet wird.

Der Eingang c. 1—3 erinnert an den Eingang der Rede pro lege Manilia: Eumenius hatte bisher noch niemals auf dem Forum in Augustobunum gesprochen, weil er bei einer bescheidenen Meinung von seinen eigenen rednerischen Fähigkeiten die stillere und behaglichere Muse den schwierigen gerichtlichen Verhandlungen des unruhigen Forums stets vorzog. Auch die Aneignung dieses Vortrags betreffs der Wiederherstellung der Mänianischen Schulen findet ihre Erklärung nur in dessen Zusammenhang mit den verwandten Beschäftigungen des Redners, welcher auf den Ruhm eines öffentlichen Redners überhaupt keinen Anspruch macht, da er über den Unterschied zwischen der schlagfertigen Rede auf dem Kampfplatze des Forums und seiner ruhigeren und feineren Muse sich ebensowenig, wie über seine Fähigkeiten täuscht. Selbst in vorliegendem Falle, im Begriffe, ein von der gerichtlichen Rede ganz verschiedenes Gebiet zu betreten, verursachte ihm die Ungewohntheit des Ortes Beklommenheit, die jedoch durch den wichtigen, im Interesse Aller liegenden Stoff aufgewogen wird. Diesen theilt der Redner in zwei Theile, um zu zeigen: 1) daß die Mänianen wieder hergestellt werden müssen, 2) wie dieses ohne Inanspruchnahme öffentlicher Gelder dadurch geschehen könne, daß er selbst die von Constantius ihm gnädigst verliehene Besoldung zur Verfügung stelle.

Eumenius nennt die Schulgebäude zu Augustobunum Maenianae scholae, quondam pulcherrimo opere et studiorum frequentia celebres et illustres c. 3, 3. Nach der Ausdrucksweise des Redners: Maenianis patriae meae und Maenianae illae scholae zu urtheilen, war diese Benennung die volksthümliche. Ueber den Ursprung des Wortes Maenianum, gewöhnlich Maeniana (aedificia), das öfters bei den alten Schriftstellern, namentlich der Kaiserzeit vorkommt, berichtet Pomp. Fest. p. 134, 22: Maeniana appellata sunt a Maenio censore, qui primus in foro ultra columnas tigna projecit, quo ampliarentur superiora spectacula. Mänius plebej. Consul 338 v. Chr. Liv. VIII, 13. baute als Censor 318 v. Chr. an den Häusern am Forum, um mehr Platz für die Zuschauer bei den auf dem Forum aufgeführten Spielen zu gewinnen, Vorbaue, Balcone an, und nach ihm, dem (in Gegensatz zu Ascon. de divin. in Caec. 16, 50 Orelli p. 120) auch die Ehrensäule am Forum errichtet wurde [9]), wurden die mit einem solchen über die Säulen und somit über den Bau überhaupt heraustretenden Vorbau versehenen Gebäude Maeniana genannt [10]). Die nähere Beschaffenheit dieser balconartigen Vorbaue — ob sie in gleicher Höhe mit dem erhöhten Unterbau, auf dem die Säulen standen, terrassenartig, oder oberhalb der Säulen von diesen getragen als vorspringende Aufsätze angebracht waren, ob nach oben offen oder logenförmig eingerichtet, ob sie auf die ganze Länge des Gebäudes gallerieartig sich erstreckten, oder als einzelne Vorsprünge sich repräsentirten — läßt sich mit Sicherheit wol nicht angeben. Sie werden

---

[9]) Plin. hist. nat. 34, 11.

[10]) Paul. Diac. p. 135, 6. Maenius primus ultra columnas extendit tigna, quo ampliarentur superiora. Isid. orig. XV. 3, 11, ut essent loca, in quibus spectantes insisterent. Vitruv. V, 1. Maenianaque superioribus coaxationibus collocentur. Cod. Justin. VIII, 10, 11. enthält eine Verordnung über die Mänianischen Gebäude, beziehungsweise ein Verbot gegen dieselben. Vergl. Am. Marcell. XXVII, 9, 10.

wahrscheinlich, wie auch unsere Balcone, nach Zeit und Ort in den verschiedenartigsten Formen zu Tage getreten sein. Auch die Stockwerke im Amphitheater heißen Maeniana. Eine solche Bauart auf die Mänianischen Schulen übertragen läßt in Zusammenhalt mit c. 20: Videat praeterea in illis porticibus juventus et quotidie spectet omnes terras ... den Schluß zu, daß hier ein balconartig hervortretender Oberbau durch Säulen getragen war, welche mit der Wand des Gebäudes jene Säulenhallen bildeten. Aus dem Beisatze: Maen. sch. quondam pulcherrimo opere et studiorum frequentia celebres et illustres, läßt sich abnehmen, daß das Gebäude ein ansehnlicher Kunstbau war, entsprechend dem alten, schon zur Zeit des Tiberius bewährten Ruhme der Anstalt. Schon Tacitus nämlich sagt ann. III., 43, daß in Augustobunum die Blüthe der gallischen Jugend ihre Studien machte, und Eumenius erzählt c. 17, daß ehedem sein Großvater, gerade weil er diese Mänianischen Schulen schätzte „hujus ipsius operis veneratione" an Augustobunum gefesselt worden sei. Daß auf diese Rede hin das Gebäude in der That wieder aufgerichtet worden sei, darüber läßt sich zwar keine Nachricht finden; allein es läßt sich wol nicht bezweifeln, wenn man neben dem großen Einfluß des Eumenius bei Constantius den Umstand erwägt, daß jener seine eigenen Mittel dazu anbot und noch viele Jahre daselbst als Lehrer wirkte.

Den ersten Theil, die Nothwendigkeit der Wiederherstellung der Mänianen, behandelt der Redner c. 4—10: „Daß neben den übrigen öffentlichen Gebäuden auch diese wieder aufgebaut werden, verlangt vor allem das große Wohlwollen, welches die Kaiser gegen Augustobunum bewiesen haben. Sie wollten diese Stadt, die einst des Brudernamens des römischen Volkes sich rühmte und die von einem so schweren Mißgeschick dann erst betroffen wurde, als sie durch die Raubhorden der Aufständischen belagert die Hülfe des römischen Fürsten anflehte, aus Anerkennung ihrer Verdienste, sowie aus Mitleid mit ihren Unfällen wieder aufrichten; demgemäß gewähren sie zur Wiederherstellung der öffentlichen und Privatgebäude nicht nur reichliche Geldmittel, sondern sogar überseeische Bauleute, neue Ansiedler aus den angesehensten Ständen der Provinzen ziehen sie herbei und selbst die in den Winterquartieren liegenden Legionen, ob= gleich sie gerade jetzt derselben zum Kriege bedürfen, bestimmen sie dazu, den Interessen der erschöpften Stadt mit gastfreundlicher Dienstbeflissenheit ihre Dienste zu widmen und die unterbrochenen Wasserleitungen wieder herzustellen."

Die freundlichen Beziehungen fraternum nomen populi Romani, die schon in den Zeiten der Republik zwischen den Römern und Aebuern bestanden, sowie die früheren und späteren Verdienste der Aebuer, insbesondere seiner Vaterstadt Augustobunum gegen Rom [11]) legt Eumenius ausführlicher dar in paneg. VII. c. 2 u. f. Gratiarum actio Constantino Augusto Flaviensium nomine im J. 311. zu Trier. An derselben Stelle spricht er auch deutlicher von dem Unglück seiner Vaterstadt. Da die dort

---

[11]) Nach Liv. epit. 61. bestand das Bündniß zwischen beiden bereits im J. 121 v. Chr., als die Proconsuln C. Sertius und Cn. Domitius die Allobrogen bekriegten: quibus belli inferendi causa fuit, quod .... quodque Aeduorum agros, sociorum populi Romani, vastassent. Caes. bell. Gall. I, 31: qui (Aedui) et sua virtute et populi Romani hospitio atque amicitia plurimum ante in Gallia potuissent. c. 33: Haeduos fratres consanguineosque saepenumero a senatu appellatos. Cic. ad Att. I, 19: Haedui fratres nostri pugnant. Tac. ann. XI, 25: Primi Aedui senatorum in urbe jus adepti sunt. Datum id foederi antiquo et quia soli Gallorum fraternitatis nomen cum Romanis usurpant. Strabo IV, 32: Οἱ δὲ Αἰδοῦοι καὶ συγγενεῖς Ῥωμαίων ὠνομάζοντο καὶ πρῶτον τῶν ταύτῃ προςῆλθον πρὸς τὴν φιλίαν καὶ συμμαχίαν.

angeführten Ereignisse mit dem Inhalt der Rede pro inst. sch. im engsten Zusammenhang stehen und ihn ergänzen, so mag die betreffende Stelle schon hier Platz finden:

„Vergiß nicht, o Kaiser, wie hoch das anzuschlagen sei, daß die Aebuer den göttlichen Claudius, deinen Vorfahren, zuerst einluden, Gallien wiederzugewinnen und auf seine Hülfe wartend sieben Monate lang belagert und alle Leiden und Entbehrungen duldend die aufständischen gallischen Horden dann erst in die Stadt einbrechen ließen, als sie ermattet dieselbe nicht mehr halten konnten. Wäre euch und den Unternehmungen der Aebuer das Glück günstig gewesen, und hätte jener Wiederhersteller des Staates (restitutor reipublicae) (Claudius) [12] uns den um Hülfe Flehenden zu Hülfe kommen können, so hätte ohne jeglichen Schaden für die römischen Streitkräfte, ohne die catalaunische Niederlage, die Brüderschaft der Aebuer den wiedergewonnenen Provinzen einen glücklichen Frieden verschafft. Wegen dieser Verdienste also und wegen der früheren wollte dein göttlicher Vater (Constantius) die darniederliegende Aebnerstadt wieder aufrichten, der zu Grunde gerichteten neues Leben geben, nicht nur dadurch, daß er gegen Verzinsung Gelder vorschießen und die zusammengefallenen Bäder wieder aufrichten ließ, sondern auch von allen Seiten Ansiedler herbeizog, so daß jene Stadt für die Provinzen gleichsam die gemeinsame Mutter wurde, sie, die zuerst die übrigen Städte sozusagen römisch gemacht." So Eumenius 13 Jahre später dem Kaiser Constantin gegenüber paneg. VII. c. 4.

Die schwere Niederlage, welche die Stadt Augustobunum durch die Belagerung und Einnahme von Seite der Aufständischen erlitt, die auch den Untergang der Mänianischen Schulen zur Folge hatte und, wie Eumenius sich ausdrückt, schon ihrer Größe wegen von den Kaisern der unsterblichen Beweise ihrer Gnade für würdig erachtet wurde, fällt in Zusammenhalt mit der angeführten Stelle des paneg. VII. unter die Regierung des Kaisers Claudius II. Gothicus 268—270. Nachdem die Stadt während einer siebenmonatlichen Belagerung vergeblich auf Entsatz von Seite des Kaisers gehofft, hatte sie sich ergeben müssen, wurde geplündert und einem großen Theile nach zerstört. Claudius hatte ihr nicht Hülfe leisten können, weil er im Kriege mit den Gothen begriffen war.

Die Feinde, welche Augustobunum belagerten und zerstörten, sind im vorhandenen Text bezeichnet als latrocinium Bagaudicae rebellionis, pro inst. sch. 4, 1. und rebelles Gallicani paneg. VII, 4, 2. Bagaudicae ist eine Conjectur der Herausgeber; die Handschriften haben Batavicae. Die fragliche Conjectur ist zurückzuführen auf Livinejus Paneg. vet. Antw. 1599 und Lipsius Tac. ann. III. exc. und wurde zuerst aufgenommen von Gruterus Paneg. vet. Frankf. 1607, dem die folgenden Herausgeber: Puteanus, Paris 1643. Cellarius, Halle 1703. de la Baune, Paris 1676. und Vened. 1727. Patarol., Vened. 1708. und 1729. Jaeger, Nürnb. 1779. Arntzenius, Utrecht 1790—1797. folgten. Der Grund, das handschriftliche Batavicae in Bagaudicae zu ändern, lag in der Unerklärbarkeit des ersteren, indem in den vorhandenen historischen Nachrichten von einem Aufstand oder verheerenden Einfall der Bataver in das südlichere Gallien zu jenen Zeiten nirgends eine Andeutung vorhanden ist, während dagegen Eutrop. IX, 20; Aur. Victor Caes. 39, 17; Oros. VII, 25; Mamertin. paneg. I. c. 4, 3. von einem

---

[12]) Paneg. VI, 2, 2 qui (Claudius) Romani imperii solutam et perditam disciplinam primus reformavit .... utinam diuturnior recreator hominum, quam maturior deorum comes.

Aufstand der gallischen Bauern berichten, die im J. 285 unter dem Namen Bagaudae oder Bacaudae[13], d. h. Rebellen, unter Anführung des Aelianus und Amandus, die sich sogar den Kaisertitel beilegten, ihr eigenes Vaterland mit einem verheerenden Raubkriege überzogen und Dörfer und Städte in Asche legten, bis Diokletian dem neuernannten Cäsar Maximian die Bekämpfung derselben übertrug, dessen kriegs= geübte Legionen mit der ungeordneten Menge bald fertig waren und die Ruhe wieder herstellten, 285 und 286[14]. Dieser Bagaubenaufstand kann aber das Unglück Augustobunums nicht verursacht haben; dasselbe war bereits geschehen, in dem nach der angeführten Stelle die Belagerung und Eroberung dieser Stadt 16 Jahre früher unter die Regierung des Kaisers Claudius in das Jahr 269 fällt. Die Conjectur Bagaudicae erscheint darum als ungerechtfertigt. Das handschriftliche Batavicae aber ist als ein un= richtiges Glossem anzusehen[15]. Latrocinium rebellionis und rebelles Gallicani bezeichnet vielmehr die abtrünnigen römischen Legionen.

Seit den Zeiten des Valerian und seines schlaffen Sohnes Gallienus nämlich, 253—268, hatten, wie in den östlichen Provinzen, so auch in Gallien die Heerführer sich vollständig unabhängig gemacht und den Purpur angenommen, so daß Treb. Pollio die Regierungszeit des Gallienus die Zeit der 30 Tyrannen nennt, 260—273. Nachdem in Gallien auf Posthumius schnell Lollianus, Victorinus und Marius gefolgt waren, machte die Lagermutter Victoria Augusta in Uebereinstimmung mit den bezahlten Legionen den Tetricus, den früheren Statthalter von Aquitanien, zum Imperator[16]. Claubius mit den Gothen beschäftigt, wie bereits bemerkt, konnte die Wiederunterwerfung der aufständischen Legionen und die Wiedergewinnung Galliens nicht versuchen, ja er mußte sogar die treuen Völkerschaften in Gallien

---

[13]) Die Handschriften des Eutropius und Orosius liefern die verschiedenartigsten Formen bri Benennung dieser Raubhorden: Senecaudae, Bagaudae, Baugandae, Bacuadae, Caudae, Vagabundae u. a. Euseb. Chron. Baccharidae. Päanius in f. Metaphr. d. Eutrop. Βακαύδαι. Salvian de gub. dei V, 150. Bacaudae und Bagaudae. Nach Aur. Vict. Caes. 39, 17: quos Bagaudas incolae vocabant, und Oros. VII, 25, quos Vacaudas vocabant, erhielten sie diesen Namen von den Ein= wohnern. Dagegen heißt es bei Eutrop. IX, 20: factioni suac Bacaudarum nomen imponerent.

[14]) Hauptstelle über die Ursachen der Bagaubenaufstände bei Salvian. de gubern. dei V, 150. Die drückenden feudalen Zustände, die, wie früher zur Zeit der Eupatridenherrschaft in Attika und zur Zeit der Patrizierherrschaft in Rom, so später auch in unserem deutschen Vaterlande die Ursache zur Erhebung der niederen Bevölkerung, namentlich des erbitterten Bauern= standes, gegen ihre aristokratischen Bedrücker wurde, in weiterer Folge aber zum wüthenden Kampfe gegen das bestehende Herrscherthum überhaupt entbrannte, hatte sich im Laufe der Jahrhunderte auch in Gallien bis zum Grade der Unerträglichkeit gesteigert. Die vielfachen Unruhen und verheerenden Kriegszüge, welche Gallien unaufhörlich zerrütteten und die mühevolle Arbeit, die ohnedieß geringe Hoffnung des Jahres oft mit einem Schlage vernichteten, die drückenden Abgaben und die gewaltsame Ein= treibung derselben, unter Umständen der gesetzliche Zwang zu beständiger Arbeit auf den Gütern des gallischen Adels und dessen Tyrannei, die Brutalitäten einer anmaßenden Soldateska, die Ungerechtigkeiten von Seite der Behörden und die dabei auf der anderen Seite bestehende Rechtslosigkeit veranlaßte die zur Verzweifelung gebrachte Landbevölkerung endlich zum allgemeinen Auf= stande. Vergl. Gibbon II. S. 382. Preuß. Dioklet. S. 24—32.

[15]) Die ohne Bedenken angenommene Conjectur Bagaudicae hat de la Baune, Cellarius und Arntzenius veranlaßt, anzu= nehmen, daß bereits unter der Regierung des Claudius der Bagaubenaufstand seinen Anfang genommen, oder wenigstens ein derartiger Tumult stattgefunden haben müsse; der erstere, bei dem eine confusio rerum nichts Seltenes ist, macht sogar den gallischen Imperator Tetricus zu ihrem Anführer.

[16]) Aur. Victor Caes. 33, 14. Pollio trig. tyr. 5. Eutrop. IX, 10.

preisgeben. Aurelian 270—275 ging nach Beendigung des Krieges mit den Gothen und Alemannen auch an die Wiederunterwerfung Galliens. Tetricus selbst bot ihm hiezu die Hand. Der Trotz seiner Soldaten, der mehreremale in Meutereien ausbrach, und die feindlichen Nachstellungen eines gewissen Faustinus verbitterten ihm das Leben, so daß er heimlich an Aurelian schrieb und ihn zur Eroberung der Länder einlud, über die er sechs Jahre geherrscht hatte [17]). Aurelian erschien mit seine Heere in Gallien, während Tetricus den Schein der Vertheidigung annahm. Es ward die Schlacht bei Catalaunum geliefert 273, in welcher Tetricus nach getroffener Abrede zu Aurelian überging. Nach einer vollständigen Niederlage der gallischen Legionen kam Gallien wieder an das römische Reich, von welchem es 13 Jahre lang getrennt war [18]). Auf diese Vorgänge bezieht sich Eumenius paneg. VII, 4, 3: tum demum (Aedui) irrumpendas rebellibus Gallicanis portas reliquerunt, cum fessi servare non possent. Quodsi vobis et conatibus Aeduorum fortuna favisset atque ille reipublicae restitutor (Claudius) implorantibus nobis subvenire potuisset, sine ullo detrimento Romanorum virium, sine clade Catalaunica compendium pacis reconciliatis provinciis attulisset fraternitas Aeduorum. Wäre es damals dem Kaiser möglich gewesen, den belagerten und um Hülfe bittenden Aeduern Hülfe zu bringen, so wäre die einige Jahre später eingetretene Catalaunische Niederlage erspart worden; Gallien wäre schon damals wieder gewonnen worden, was erst vier Jahre später bei Chalons durch Vernichtung der Legionen des Tetricus geschah. Also war die Eroberung und Zerstörung Augustobunums durch die gallischen Legionen vollbracht worden.

Von diesem harten Schlage konnte Augustobunum sich schwer wieder erholen. Bei den wiederholten Einfällen der Germanen und Franken und den damit verbundenen Verwüstungen, namentlich im J. 276, wo eine Anzahl der bedeutendsten gallischen Städte in Asche sank, und dem bald darauf entstandenen Bagaudenkriege blieb dasselbe bis zu der Regierung des Constantius zum großen Theil in Schutt liegen, und trotz der in dieser Rede vielgepriesenen reichlichen Spenden dieses Kaisers, von denen freilich auch manche unbeschadet des guten Willens des Constantius im Sinne geblieben sein mögen [19]), mußte Eumenius 14 Jahre später dem Kaiser Constantin gegenüber immer noch ein trauriges Bild von ihr und ihrer Umgebung zu entwerfen (paneg. VII, 6 und 7). Ein Theil der Bewohner hatte die Stadt ganz verlassen; Constantius veranlaßte, daß neue Bewohner aus anderen Gegenden und Provinzen sich dort niederließen [20]). Während Eumenius pro inst. sch. 4. diese metoeci als von angesehenem Stande bezeichnet, beklagt er sich paneg. VII, 6. über die arbeitsscheuen neuen Bewohner. Daß aber die zum Aufbau der Tempel und öffentlichen, sowie auch zu Privatgebäuden von Constantius zu Gebot gestellten öffentlichen Gelder so großartig gewesen seien, läßt sich bezweifeln, da sie nicht einmal auf die alten, von Eumenius als Kunstbau gerühmten Mänianischen Schulen sich erstreckten. Hätte Constantius sich nicht auf die nothwendigsten öffentlichen Gebäude beschränkt, so hätte er gewiß auch jener Schulen gedacht, zumal wenn er ein so warmer Freund der Wissenschaft war, wie Eumenius ihn schildert. Jedenfalls ist es für eine panegyrische Uebertreibung zu halten, wenn Eumenius c. 4, 2 sagt: Itaque maximas pecunias et totum, si res poscat, aerarium

---

[17]) In seinem Briefe wandte er auf sich und Aurelian an, was Virgil den Schatten des Palinurus zu Aeneas sagen läßt: Aen. VI, 365: Eripe me his, invicte, malis.

[18]) Aur. Vict. Caes. 35. Vopisc. Aurel. 32. Pollio trig. tyr. 24.

[19]) Paneg. VII, 2, 5. — [20]) Paneg. VII, 4, 4.

non templis modo ac locis publicis, sed etiam privatis domibus indulgent. Denn daß auch die öffentlichen Gebäube nicht alle von Conſtantius wieder hergeſtellt wurden, iſt erſichtlich aus paneg. VI, 22, 4, wo Eumenius im J. 310 dem Kaiſer Conſtantin gegenüber ausſpricht, daß ſeine Vaterſtadt auf ſeine Hülfe warte, und ihn bittet, dieſelbe zu beſuchen, damit auch ſie, wie die kaiſerliche Reſidenz Augusta Trevirorum ſeiner Gnade und Freigebigkeit ſich erfreue, und die öffentlichen Gebäube daſelbſt wieder hergeſtellt würden. Die fremben Bauleute aber, welche Conſtantius herbeizog, waren Britannier, welche er aus ſeinem Feldzuge in jenem Lande im J. 296. mit auf das Feſtland herübergebracht hatte. Dieſes ſpricht Eumenius beutlich aus paneg. IV, 21, 2: civitas Aeduorum ex hac Britannicae facultate victoriae plurimos, quibus illae provinciae redundabant, accepit artifices, et nunc exstructione veterum domorum et refectione operum publicorum et templorum instauratione consurgit. Es iſt dieſes wol eines der älteſten Zeugniſſe für die brittiſche Induſtrie.

Aus dem Umſtande, daß der Kaiſer der Stabt Auguſtodunum, welcher der Panegyriſt, wol in Rückſicht auf die vorher erwähnten Einwanderungen, den Titel einer Colonie beilegte [21]), ſo reichliche Mittel zu ihrer Wiederherſtellung boten, wird der Schluß gezogen, daß ſie ſicherlich auch jenen Muſenſitz wieder hergeſtellt ſehen wollten, dem ſie einen zahlreichen Beſuch daburch ſicherten, daß ſie die Wiſſen=ſchaften überhaupt wieder zu Ehren kommen ließen; „ſie, die vor allen früheren Kaiſern als Freunde der Wiſſenſchaften ſich auszeichnen, die in gerechter Würdigung, daß es um einen wichtigen Poſten ſich handle, es als eine Aufgabe ihres kaiſerlichen Amtes erachteten [22]), in väterlicher Sorge für die hoffnungsvolle galliſche Jugend einen Lehrer und Vorſtand auszuwählen, um die zu den öffentlichen Aemtern Berufenen in der Berebtſamkeit auszubilden.“

Das Lob, das der Panegyriſt den Kaiſern als Freunden und Beſchützern der Wiſſenſchaften in Vergleich mit den früheren Herrſchern ſpendet [23]), kann, abgeſehen von den wüſten, den wiſſenſchaftlichen Beſtrebungen zum Theil abholden Kaiſern des 1. Jahrh., nur den unmittelbar vorhergehenden 100 Jahren, d. h. den Kaiſern gegenüber gelten, die ſeit dem Ausgange der Antonine regierten; denn dieſe letzteren waren in der That Gönner und Förderer der Wiſſenſchaften. Seit Commodus aber fanden dieſelben an den für eblere Neigungen meiſt unzugänglichen Soldatenkaiſern nicht nur keine Stütze, ſondern ſie waren ſogar von ihnen verachtet. Es war daher für Conſtantius, wenn auch ein wohlverdienter, doch immerhin ein wohlfeiler Ruhm, als Freund und Beſchützer der Wiſſenſchaften zu gelten. Das Präbicat

---

[21]) Daß Auguſtodunum in der That eine römiſche Colonie geweſen ſei, läßt ſich nirgends nachweiſen. Die Jdentität Auguſtodunums mit dem Bibracte des Cäſar (bell. Gall. I, 23: Bibracte oppidum Aeduorum longe maximum et copiosissimum (vgl. VII, 35, 63) hat, im Gegenſatz zu Göler: Cäſ. Gall. Krieg S. 22 u. 23 neuerbings Napoleon in ſeiner Geſchichte Cäſars II. S. 66 in Abrebe geſtellt und namentlich auf Grund neuer Ausgrabungen Bibrakte auf den 13 Kilometer weſtlich von Autun liegenden Mont Beuvray verlegt als das φρούριον Βίβραχτα bei Strabo IV, 3. Der Name Augustodunum findet ſich zuerſt bei Mela III, 2.

[22]) c. 5, 3: inter illas imperatorias dispositiones *longe majoribus summis* reipublicae gubernandae provisionibus occupatas litterarum quoque habuere delectum. *summis* iſt offenbar eine Gloſſe und deßhalb zu tilgen.

[23]) c. 5, 2. vergl. c. 19, 2.

optimus kann unter den gleichzeitigen Herrschern ihm am ersten gegeben werden [24]). Eine Uebertreibung aber ist es, wenn auch die anderen Kaiser, namentlich Maximian, als Freunde und Gönner der Wissen= schaften gelobt werden, von dem doch berichtet wird, daß er nichts weiter war, als ein zwar tüchtiger, aber roher Soldat [25]). Wie es mit seinem Interesse für die Wissenschaften bestellt und wie wenig er auf den Ruhm wissenschaftlicher Bildung eifersüchtig war, mag der Umstand beweisen, daß sein Lobredner Mamertinus paneg. I, 8. vor einer öffentlichen Versammlung, während er ihn mit Scipio verglich und demselben vor= zog, als Schmeichelei ihm in's Angesicht den Zweifel äußern konnte, ob er von diesem Feldherrn je gehört habe, daß er mit einem Heere in Afrika gewesen sei.

Mit einem einigermaßen selbstgefälligen Blick auf sich selbst preist der Redner in seinem weiteren Vortrage die außerordentliche Fürsorge und Gnade des Constantius gegen die gallische Jugend, der die Ehre der Wissen= schaften dadurch noch erhöhte, daß er ihn, den Redner, der bereits damit umging, seinen Sohn zum Rhetor zu machen, diesen früher gewählten Beruf selbst wieder übernehmen hieß, und auf diese Weise den Rhetor, mit dem er einst die Rhetorik gleichsam in den kaiserlichen Palast seines Vaters (Maximians) eingeführt hatte, jetzt zum Heiligthum der Musen zurückführte [26]). Um aber einem naheliegenden unlieben Verdacht über diese Versetzung von einem Hof= und Vertrauens=Amt zu dem bürgerlichen Amte eines Vorstandes der Rhetor= schule in Augustobunum vorzubeugen, fügt der Redner zum voraus bei, daß sie in der Absicht geschehen sei, nicht ihn, den von Constantius persönlich geschätzten, in irgend etwas zu beeinträchtigen, sondern um dem Amte in seinem Vertreter, der bereits eine so hohe Stellung im unmittelbaren Dienste des Kaisers eingenommen, ein größeres Ansehen zu geben.

In dieser von Seite des Constantius mit Sorgfalt getroffenen Lehrerwahl erkennt Eumenius auch dessen Willen, daß das dem Unterricht früher gewidmete Gebäude ebendaselbst wieder hergestellt werde gleichsam als Tempel seines Ruhmes; „denn alle diejenigen, die als Freunde und Gönner einer Sache sich widmen, glauben dann erst ihren Wünschen und ihrem inneren Drange Genüge zu thun, wenn sie für den angestrebten Ruhm auch Tempel sich erbauen“. Hiefür gibt Eumenius unter anderem folgenden Beleg: „Den Tempel des Herkules der Musen auf dem Circus Flaminius erbaute Fulvius Nobilior als Censor,

---

[24]) Lact. de mort. persec. VIII, 7: Constantium praetereo, quoniam dissimilis ceterorum fuit dignusque, qui solus orbem teneret. Vergl. Eutrop. X, 3. Euseb. X, 13 u. 14.

[25]) Aur. Vict. Caes. 39, 17: Maximianum quamquam semiagrestem, militiae tamen atque ingenio bonum imperatorem jubet (Dioclet.). Eutrop. IX. 27: Herculeus autem propalam ferus et incivilis ingenii, asperitatem suam etiam vultus horrore significans. X, 8: vir ad omnem asperitatem saevitiamque proclivus, infidus, incommodus, civilitatis penitus expers.

[26]) Qui honorem litterarum hac quoque dignatione cumulavit, ut me filio potius meo ad pristina mea studia aditum molientem ipsum jusserit disciplinas artis oratoriae retractare, et hoc *ipsi palatio parentis sui munus invexerit,* ut mediocrem quidem pro ingenio meo naturaque vocem, caelestia tamen verba et divina sensa principum prolocutam ab arcanis sacrorum penetralium ad privata Musarum adyta transtulerit. Man hat die Stelle mehrfach zu emendiren gesucht: invexerat, injunxerat, injunxerit u. a. Nach dem Zeugnisse des Livinejus haben die Handschriften durchgängig: et hoc ipsi palatio parentis sui munus invexerat, ut .... transtulerit, eine nicht zu erklärende Tempusfolge. Wir halten uns an den handschriftlichen Text mit Versetzung der Conjunction ut: et, ut hoc ipsi palatio parentis sui munus invexerat, (ita) mediocrem .... transtulerit.

nicht nur einem Drange folgend, der aus den Wissenschaften selbst und aus der Freundschaft mit dem ersten Dichter (Ennius) hervorging, sondern weil er während seines Oberbefehls in Griechenland erfahren hatte, daß Herkules der Musagetes, d. h. der Begleiter und Führer der Musen sei. Derselbe weihte auch zuerst neun Bildsäulen (nämlich die aller Camenen), die er aus Ambracia nach Rom brachte, dem Schuße des tapfersten Gottes, weil sie in Wirklichkeit durch ihre Kräfte und Vorzüge gegenseitig sich zur Stütze und zur Zierde gereichen müßten; der Ruhe der Musen des Herkules Schuß, und der männlichen Kraft des Herkules die Stimme der Musen". Fulvius Nobilior hatte 189 v. Chr., nachdem die hartbedrängten Aetolier ihm die Thore von Ambracia geöffnet, alle Erz- und Marmor-Bildsäulen, sowie Gemälde, mit denen einst Pyrrhus seine Residenzstadt auf das glänzendste ausgeschmückt hatte, nach Rom abführen lassen[27]. Die unter denselben befindlichen Standbilder der neun Musen, die er später in dem von ihm als Censor auf dem Circus Flaminius erbauten Tempel des Herkules der Musen aufstellte, erwähnt auch Plinius XXXV, 86, 4. Was die Aeußerung betrifft, daß Fulvius Nobilior in Griechenland den Herkules Musagetes, Musenführer, kennen gelernt habe, so ist zu bemerken, daß die Griechen das Epitheton $Μουσαγέτης$ lediglich dem Apollo beilegten[28]. Heyne op. acad. II. p. 305 vermuthet daher den Grund dieser Benennung des Herkules in irgend einem hervorragenden Kunstwerk, das den Herkules und die Musen darstellte.

Wie in anderen panegyrischen Reden, besonders in denen des Mamertinus, wird auch hier von Eumenius der Name des Herkules nur in der Absicht herbeigezogen und mit Vorliebe bei demselben verweilt, um den Kaisern zu schmeicheln. Diokletian hatte sich den Namen Jovius, Maximian den Namen Herculeus beigelegt. Den letzteren Namen überträgt Eumenius auch auf Constantius, der, wie bereits bemerkt, von Maximian zum Cäsar ernannt und ebendadurch in das Verhältniß der Adoptionsverwandtschaft mit ihm getreten war. Außerdem war Constantius der Schwiegersohn Maximians. Diese Verwandtschaft preist der Lobredner als die Ursache der hohen Gunst, welche Constantius gegen die Wissenschaften hegt. „Vermöge seiner divina intelligentia mentis aeternae erkennt dieser in den Wissenschaften die Grundlage aller Tugenden; in ihrer gerechten Würdigung als solcher hat er für sie einen Lehrer bestimmt; daraus folgt die Nothwendigkeit des Wiederaufbaues ihres Sitzes, der dann, weil von Constantius Herkules errichtet, mit größerem Rechte und mit größerer Wahrheit den Namen des Herkules und der Musen trage, als jener des Fulvius Nobilior in Rom."

Als weiteren Grund für den Wiederaufbau der Mänianen bezeichnet der Redner ihre Lage am Hauptplatze der Stadt, an der Heerstraße zwischen dem Tempel des Apollo und dem Capitolium (Minervatempel). Auch diesen Punkt kleidet Eumenius in Schmeichelei gegen die Kaiser: „Es liegt im Interesse des Ruhmes der großen, siegreichen Fürsten, daß die jugendlichen Geister, die zur Verherrlichung ihrer Großthaten ausgebildet werden, möglichst in der Oeffentlichkeit geweckt werden. An jenen Mänianen ziehen ferner die Kaiser vorüber und sie fallen diesen um so mehr in die Augen, weil sie zwischen den beiden schönsten Tempeln der Stadt, dem des Apollo und dem Capitol, liegen, welche die Ruine in der Mitte entstellen würde." Demnach scheinen

---

[27] Liv. 38, 9. [28] Preller griech. Mythol. II. p. 270 u. 271.

beibe Tempel bei der Zerstörung doch stehen geblieben zu sein; denn Neubauten laffen die zerrütteten Zustände der Stadt kaum voraussetzen [29]).

Im zweiten Theile der Rede c. 11 [30]) gibt Eumenius den Nachweis, wie die Wiederherstellung der Mänianen dadurch geschehen könne, daß er selbst den ihm vom Kaiser aus dem Staatsvermögen der Aebuer angewiesenen jährlichen Ehrensold von 600000 Sest. unter dankbarer Verehrung der kaiserlichen Gnade seiner Vaterstadt zu jenem Zwecke, so weit es erforderlich ist, zu überlassen sich bereit erklärt. Constantius hatte nämlich, wie schon angegeben, dem Eumenius bei Uebertragung des Lehramtes die bereits als memoriae sacrae magister erhaltene Besoldung verdoppelt.

Die Stelle c. 11, 2: Salarium me liberalissimi principes ex hujus reipublicae viribus in sexcenis millibus nummum accipere jusserunt, non quoniam *non* amplius tribuere commodis meis vellent, in quem *multo* majora et prius et postea praemia contulerunt, sed ut trecena illa sestertia, quae sacrae memoriae magister acceperam, in honore privati hujus magisterii addita pari sorte geminarent, vergl. c. 16: sexcena illa, quantum ad honorem spectat, accipi oportet. hat Anstoß erregt. Casaubonus Suet. Otho 4. findet die Summe von 600000 Sest. (31250 Thlr., wie Monnard p. 44 berechnet) als jährliche Besoldung für einen Rhetor als viel zu hoch: quis credat, salarium tam amplum ulli rhetori fuisse? quis credat, rhetores, qui in urbe docebant, annua centena habuisse ex instituto Vespasiani; hunc vero, qui in provincia et quidem in urbe non admodum potente, ut ipse testatur, annua sexcentena, hoc est ad coronatos hodiernos decies mille et quingentos? Mihi istud mirum videtur atque ἀπίθανον. Casaubonus ist der Ansicht, daß statt sexcenis und trecena zu lesen sei: sexagenis und tricena; er reducirt also die Summe auf den 10. Theil. Auch Alciatus Parerga VI, 27. findet diese Besoldung für einen Rhetor als viel zu hoch und interpretirt die Stelle dahin, daß Eumenius die Renten von 600000 Sest. als Jahresbesoldung erhalten habe. Allein hiegegen spricht der handschriftliche Text, den auch die Herausgeber gegen Casaubonus und Alciatus vertreten. Eumenius war eben kein gewöhnlicher Rhetor; die frühere Bekleidung eines so hohen Amtes im unmittelbaren Dienste des Kaisers, aus dem er mit Beibehaltung seiner Würden und Ehren und seiner Besoldung in das bürgerliche Leben zurückversetzt wurde, die persönliche Hochachtung und Zuneigung von Seite des Constantius, dessen anerkannte Freigebigkeit, seine Absicht, den Eumenius nicht sowol zu besolden, als durch Verdoppelung seiner schon ansehnlichen bisherigen Besoldung dessen Verdienste zu belohnen, endlich der Umstand, daß das salarium zur Erbauung eines so großen Gebäudes ausreichte, dieses läßt

---

[29]) Ein offenbares Versehen ist es, wenn Heine op. acad. VI. p. 97. und nach seinem Beispiele Monnard de Gall. or. ing. p. 44. die Mänianischen Schulen als zwischen tem Tempel des Apollo und tem des Herkules Musagetes gelegen bezeichnet. Der c. 7 von Eumenius erwähnte Tempel des Herkules Musagetes stand doch in Rom. Die Mänianischen Schulen lagen vielmehr quasi inter oculos civitatis inter Apollinis templum et capitolium. Daß dieses Capitol aber einen Minervatempel hatte, geht hervor aus cap. 9: praesertim cum mihi videatur ipse ille, qui Maeniana haec primus exstruxit, idcirco ea illic potissimum collocasse, ut veluti cognato vicinorum sibi numinum tenerentur amplexu, cum augustissima tecta litteris dedicata inde Athenarum conditrix Minerva conspiceret, hic Apollo medius camenarum. Den Apollotempel zu Augustobunum hebt Eumenius besonders hervor paneg. VI. c. 21 u. 22.

[30]) quod in secundum *eundemque* locum distuli. eundemque ist wol eine Dittographie von secundum und demnach zu tilgen.

die Ertheilung einer solchen Summe nicht so unglaublich erscheinen, zumal wenn man noch erwägt, daß schon Augustus dem Verrius Flaccus, der seine Enkel unterrichtete, 100000 Sest. als Jahresbesoldung ertheilte [31]), und daß Vespasian lateinischen und griechischen Rhetoren aus Staatsmitteln dieselbe Summe aussetzte [32]). Dabei ist nicht zu vergessen, daß zur Zeit des Eumenius das Geld einen bedeutend geringeren Werth hatte [33]). Nur in einer Beziehung scheint die angegebene Summe zu hoch, nämlich wenn man annimmt, daß sie aus den Mitteln der Stadtgemeinde Augustobunum bestritten werden sollte, ex hujus reipublicae viribus, während doch diese Stadt selbst in so dürftigen Umständen und in einer so gedrückten Lage war, daß Constantius ihr Geldmittel vorschießen mußte. reipublicae vires dürften hier die Ein= künfte der Aeduer überhaupt gemeint sein. Die an Eumenius alle Jahre zu entrichtende Summe galt natürlich als eine öffentliche Abgabe und kam somit in den Leistungen an den Fiscus in Abrechnung [34]).

Für die Behauptung Heine's op. acad. VI, p. 97: quo quidem salario ita usus est Eumenius, ut dimidiam partem scholae instaurandae imponeret, was auch bei Monnard p. 43. zu lesen ist, war kein Beleg zu finden. Beide Stellen: cap. 11: Salarium me liberalissimi principes ... in sexcenis nummum accipere jusserunt. ... Hoc ego salarium, quantum ad honorem pertinet, adoratum ac-cipio et in accepti ratione perscribo; sed expensum referre patriae meae cupio et ad restitutionem hujus operis, quoad usus poposcerit, destinare — und cap. 16: Quamobrem, ut dixi, sexcena illa, quantum ad honorem spectat, accipi oportet, ea autem delego patriae meae et ipsi potissimum operi, in quo studia nostra celebranda sunt lassen keine andere Auffassung zu, als daß Eumenius den ganzen Jahresgehalt von 600000 Sest. zum Wiederaufbau der Mänianen zur Verfügung stellte.

Die Gründe, die den Eumenius zu einer so hochherzigen That bestimmten, lagen vor allem in dem edlen Grundsatze, daß der wahre Werth der Belohnungen nicht sowol in dem materiellen Gewinn, als vielmehr in dem Bewußtsein ruhe, der Belohnung für würdig gehalten zu werden. Freilich sei dies kein kaufmännischer Grundsatz; etwas Seltenes sei das mit dem bloßen Verdienst zufriedene Bewußtsein. Gerade darin erkennt Eumenius das Ruhmvolle der Belohnung, daß der Schein ferne ist, dieselbe aus Begierde nach materiellem Gewinn gesucht zu haben, und diesen Schein will er eben dadurch meiden, daß er mit der Ehre des geschehenen Anerbietens zufrieden das Angebotene für empfangen annehmen will; als das Höchste gilt und genügt ihm die wohlwollende Anerkennung seiner Verdienste von Seite seines Herrn und

---

[31]) Sueton. de illustr. gram. 17.

[32]) Sueton. Vespas. c. 18. (9549 fl. oder 5305 Thlr. Bähr röm. Littg. I. § 19. Anm. 16.

[33]) Eyssenhardt lect. paneg. Berlin 1867. p. 8. ea aetate nummos immane quantum minus valuisse auctor est Mommsenus de num. Rom. p. 826 et sq.

[34]) Die angeführte Stelle leidet in anderer Beziehung an Unklarheit. Was soll die Phrase bedeuten: non quoniam non amplius tribuere commodis meis vellent, in quem multo majora et prius et postea praemia contulerunt: „nicht etwa weil sie mir nicht mehr hätten geben wollen, den sie doch mit viel größeren Belohnungen vorher wie nachher überhäuften." Man fasse die Stelle im Zusammenhang, wie man will, so klingt sie mehr als unbescheiden und unlogisch. Tilgt man das zweite non als eine Dittographie und setzt man statt multo das bei Cuspin. vorhandene multa, so ergibt sich ein klarer und entsprechender Sinn: „nicht etwa, weil sie meiner Person, die sie mit vielen größeren Belohnungen vorher wie nachher überhäuften, noch mehr geben wollten, sondern um jene 300,000 Sest., die ich als kaiserl. Secretär bezog, als Ehrenerweisung gegen dieses bürgerliche Lehramt zu verdoppeln.

Kaisers Constantius, welche dieser in dem schon mehrfach angeführten Schreiben behufs der Uebertragung des Lehramts an den Redner ausspricht. Eumenius veröffentlicht dasselbe in dieser seiner Rede c. 14; es lautet also:

„Es verdienen sowohl unsere Gallier, daß wir für deren Söhne, die in Augustodunum in den edlen Wissenschaften gebildet werden, wie auch die Jünglinge selbst, die in freudiger Einmüthigkeit mir (dem Cäsar Constantius bei meiner Rückkehr aus Italien) das Geleite gaben[35]), daß wir für ihre geistigen Interessen Sorge zu tragen suchen. Welche andere Belohnung sollen wir nun diesen angedeihen lassen, als jene, die das Glück weder zu geben noch zu entreißen vermag? Deßhalb hielten wir es für eine Pflicht, an dieser Schule, die durch den Hingang ihres Lehrers verwaist zu sein scheint, gerade dich als Vorstand einzusetzen, dessen Beredtsamkeit und würdevollen Charakter wir in unserem eigenen Dienste kennen gelernt haben. Unbeschadet also des Besitzes der verliehenen Würde ermahnen wir dich, daß du das Lehramt der Rhetorik wieder übernehmest[36]) und in der genannten Stadt, von der du weißt, daß wir sie in ihrem früheren Ruhme wieder herstellen, den Geist der Jugend für einen höheren Lebensberuf heranbildest, dabei aber nicht glaubest, daß durch dieses Amt deine vorher erworbenen Ehren in etwas beeinträchtigt würden, da ein ehrenvolles Lehramt eine jede Würde eher noch erhöht, als ihr Abbruch thut. Endlich ist es unser Wille, daß du 600000 Sest. aus öffentlichen Mitteln erhältst, damit du sehest, daß für deine Verdienste auch unsere Gnade gesorgt habe. Lebe wohl, mein lieber Eumenius!"

Dieses für Eumenius allerdings ehrenvolle Schreiben des Constantius, im Namen der vier Imperatoren ausgefertigt, ist zugleich ein Zeugniß von den edlen Gesinnungen des Constantius und zu seiner Charakterisirung mehr werth, als alle die Lobeserhebungen des Eumenius. Diese folgen jetzt auf einmal

---

[35]) Ohne Zweifel, als Constantius i. J. 293 aus Italien her durch Gallien zog, um die von den Truppen des Carausius besetzte Hafenstadt Gessoriacum zu entsetzen, wobei er wol den geradesten Weg, also über Lugdunum und Augustodunum nahm; vergl. pan. IV, 6. Daß dieser freundliche Empfang von Seite der in Augustodunum studirenden Jugend auf Constantius einen sehr angenehmen Eindruck machte und für ihn ein besonderer Beweggrund war, der Schule von Augustodunum seine Fürsorge zuzuwenden, ergibt sich aus c. 9, 2.

[36]) Hortamur, ut professionem oratoriam *repetas* atque in supradicta civitate, quam non ignoras nos ad pristinam gloriam reformare, ad vitae melioris studium adolescentium excolas mentes. Livin: recipias. Steph. u. Rhenan.: receptes. Nach der Ansicht des Arntzenius, welcher die Meinung von de la Baune vertritt, nämlich daß Eumenius vor seiner Ernennung zum Lehrer der Rhetorik in Augustodunum kein öffentliches Lehramt bekleidet habe, wäre repetere hier nicht zu fassen im Sinne: (ein bereits früher bekleidetes Amt) wieder übernehmen, sondern im Sinne: etwas da aufnehmen und weiter führen, wo ein ander aufgehört hatte, also hier: ein Lehramt, das durch den Tod seines bisherigen Vertreters erledigt worden ist, übernehmen und weiterführen. Diese Auffassung von repetere erscheint hier als gezwungen und unnöthig. Thatsache ist, daß Eumenius vor seiner Berufung in die Dienste des Constantius Lehrer der Rhetorik war, vergl. paneg. IV, 1. Sollte nun Constantius bei Ernennung seines Secretärs zum Lehrer der Rhetorik nicht an diesen früher von ihm bereits gewählten Beruf gedacht haben? Daß die frühere Lehrthätigkeit des Eumenius privater Natur war, ist wol nicht zu bezweifeln. Denn hätte derselbe schon früher als öffentlicherr aus öffentlichen Mitteln salärirter Lehrer ein Lehramt und zwar an der Schule seiner Vaterstadt versehen, so wurde Constantius in seinem Schreiben dieser Zurückversetzung in seine frühere Stellung wol deutlicher Erwähnung gethan haben; ebenso Eumenius in seiner Rede, in welcher er so oft Gelegenheit dazu hatte. Cap. 6: ut me filio potius meo ad pristina mea studia aditum molientem ipsum jusserit disciplinas artis oratoriae retractare setzt nicht absolut ein öffentliches Lehramt voraus, sondern kann auch auf die c. 1 genannten exercitia privata bezogen werden.

in ungemessener Weise. Da ist es Amphion, dessen Lieder und zarteste Seitentöne, die der Sage nach die Felsen bewegten, keinen Vergleich aushalten gegen den süßen Inhalt jenes Schreibens der großmüthigen Fürsten, durch deren Aufmunterung die Mauern der alten Schulen gewissermaßen von selbst sich wieder zu erheben scheinen; da werden die Reichthümer des Midas und Crösus, die Schätze des goldfließenden Pactolus und alle Reichthümer der Welt zurückgewiesen gegen jenes selbst den Geschenken der Götter vorzuziehende Ehrenzeugniß; die Aussprüche der Pythia, die einst des Sokrates Weisheit verkündete, werden an Wichtigkeit und Wahrheit den Aussprüchen der Jovier und Herculier nachgesetzt, deren Worte nicht nur, sondern auch Winke unfehlbare Geltung haben, deren Wille, mag er im Stillen gehegt oder auch nur durch eine Miene ausgedrückt sein, die Approbation Jupiters für sich hat. Durch diese Ueberschwänglichkeiten wird das Urtheil über Eumenius bedeutend herabgestimmt, auch wenn man den paneg IV. oder VI. noch nicht gelesen hat; der Redner wird auf einmal albern; zugleich vergißt er nicht, auch seine eigene patriotische Handlung mit vielen Worten in ein helles Licht zu stellen. Er rühmt sich einer ganz besonderen von seinen Vorfahren ererbten Verehrung gegen die Mänianischen Schulen, wo, wie er vernahm, schon sein Großvater in einem Alter von mehr als achtzig Jahren einst als Rhetor gelehrt hatte, ein Athener von Geburt, der in Rom lange Zeit ruhmvoll gewirkt und dann auch zu Augustobunum als Lehrer der Rhetorik beifällig aufgenommen aus Wolgefallen an dem wissenschaftlichen Streben dieser Stadt und aus Liebe zu ihrer angesehenen Schule sich bleibend niedergelassen hatte [37]). In dieser Beziehung zu den Mänianischen Schulen erkennt Eumenius einen weiteren Grund, für ihre Wiederherstellung zu sorgen. Er hält es für seine Pflicht, das Andenken an die Seinigen zu erhalten und auf der anderen Seite auch für sich einigen Ruhm zu begründen in einem so glücklichen Zeitpunkt, „wo man das in den früheren Unglücksjahren zu Grunde Gegangene durch die Sorge der gütigen Kaiser zu neuem Leben wieder erstehen sieht, wo so viele Städte, lange mit Gebüsch bewachsen und vom Wild bewohnt, mit neuen Mauern sich aufrichten und mit Einwohnern bevölkern; wo der Insel Delos gleich die Städte auftauchen, wo Britannien, gleich als wenn die Fluthen des Ozean es bedeckten, aus dem tiefen Abgrund seiner Leiden zum Anblick des römischen Lichtes emportauchte, wo das Land von den wilden Franken befreit ist, die es einem austretenden Strome gleich überschwemmt hatten, wo in wolbefestigten Lagern am Rhein, an der Donau und

---

[37]) Cap. 17, 3. Die Ausgaben bieten verschiedene Lesarten: Livin. P. Steph. u. Jäger: hominem Athenis ortum, Romae diu celebrem, mox in ista urbe *perspecto et probato hominum amore doctrinae*, atque hujus ipsius operis veneratione detentum. Arntzen.: *perspectum et probatum* hominum *amore, doctrinae* atque &c. Nach der Angabe des Arntzenius haben die Handschriften durchgängig perspectum et probatum oder perspectum probatumque. Unter Beibehaltung dieser Lesart dürfte mit Versetzung des Komma zu lesen sein: hominem Athenis ortum, Romae diu celebrem, mox in ista urbe perspectum et probatum, hominum amore doctrinae atque hujus ipsius operis veneratione detentum. — Von Seite Monnards S. 42 ist es wol ein Versehen, wenn er behauptet: Eumenius, cujus avus Augustoduni Rhetoricam professus nepotem bene dicendi arte instruxit et eloquentiae docrinaeque amore inflammavit &c. Eumenius sagt aber an der angeführten Stelle cap. 17: illic avum meum quondam docuisse audio ..... locum, in quo, ut referunt, major octogenario docuit, ein Beweis, daß Eumenius die Lehrthätigkeit seines Großvaters nicht selbst gesehen oder an sich erfahren, ja wahrscheinlich nicht einmal dessen Person mehr gekannt hat. — In dem von Eumenius an dieser Stelle angeredeten gegenwärtigen Greis Glaucus, der als würdiger Nachfolger den Platz seines Großvaters zieren soll, ist wol ebenfalls ein Rhetor zu vermuthen, den Eumenius als öffentlichen Amtsgenossen sich zu coopiren im Begriffe stand.

am Euphrat die Cohorten das Reich beschützen; wo die Baumpflanzungen gedeihen, die so oft niedergeschlagenen Saaten sich wieder erheben, wo überall die Mauern emporsteigen, während man kaum noch die alten Fundamente findet, wo mit einem Worte jenes goldene Zeitalter, das einst nur kurz unter der Herrschaft des Saturnus blühte, unter der ewigen Regierung des Jupiter und Herkules wiederkehrt."

Vor allen Schöpfungen der Kaiser gibt aber Eumenius ihrem Wolwollen gegen die Wissenschaften den Vorzug, wodurch sie sich vor allen früheren Herrschaften auszeichnen, von denen keiner neben dem Kriegshandwerk diese edlen Beschäftigungen des Friedens mit gleichem Interesse pflegte, indem beide Richtungen ihrem Wesen nach einander widerstreitend auch entgegengesetzte Neigungen zur Grundlage haben. Um so größer erscheinen demnach diese hochsinnigen Fürsten, die mitten unter den Beschäftigungen des Krieges auch den Wissenschaften ihre Aufmerksamkeit zuwenden, die jenen Zeitpunkt, wo Roms Macht zu Land und zur See am größten war, dann erst zurückzuführen glauben, wenn nicht blos die römische Macht, sondern auch die römische Beredtsamkeit von neuem aufblühe.

„Also soll, so schließt Eumenius die in ihrem zweiten Theile weniger erbauliche Rede, diesem der Wissenschaft und der Beredtsamkeit gewidmeten Gebäude jenes von den besten, mit allen hohen Eigenschaften ausgestatteten Herrschern mir zu Theil gewordene Geschenk gewidmet werden, um, gleichwie wir die übrigen Güter unseres Lebens vor den Göttern, den Beschützern der Kaiser, dankbar in Ehren halten, so deren ausgezeichnete Hochachtung gegen die Wissenschaften an dem alten Sitze der Wissenschaften zu feiern. Sehen soll in jenen Hallen die Jugend und jeden Tag schauen alle Länder und alle Meere und was immer an Städten, Völkern und Nationen die siegreichen Fürsten entweder durch Güte und Milde gewinnen, oder durch Tapferkeit besiegen oder durch Schrecken bändigen. Denn daselbst ist ja, wie du selbst sahst, wol zum Unterricht der Jugend, um faßlicher mit den Augen zu lernen, was schwerer nur durch Hören erfaßt wird, die Lage aller Orte mit ihren Namen, sind die Länderstriche, sind die Entfernungen aufgezeichnet, der Ursprung und die Mündung der Flüsse, wo die Buchten sich krümmen, wo der Ozean im Kreise das Festland umschlingt, oder mit Gewalt in dasselbe eindringt. Dort sollen die herrlichen Großthaten der tapferen Imperatoren durch die Abbildung der verschiedenen Länderstriche verherrlicht werden, indessen bei den brennenden und immer kommenden Siegesnachrichten die Doppelflüsse Persiens, die dürren Gefilde Libyens, die gekrümmten Hörner des Rheins, des Nils vielarmige Mündung vor Augen stehen; und diejenigen, die dieses einzeln anschauen, sollen im Geiste sich noch vorstellen das durch deine Milde, Diokletian Augustus, friedliche Aegypten, das seine Wuth abgelegt; oder dich, siegreicher Maximian, der die geschlagenen Horden der Mauren mit dem Blitze zerschmettert; oder unter deiner Rechten, Herrscher Constantius, Batavia und Britannia, das sein ungepflegtes Haupt aus den Wäldern und Sümpfen emporhebt, oder dich, Cäsar Maximianus (Galerius) und zu deinen Füßen persische Bogen und Köcher. Jetzt nämlich, jetzt erst ist es eine Freude, den Erdkreis anzuschauen, wo wir auf ihm nichts Fremdes mehr erblicken."

Zum Schlusse richtet Eumenius an den vorsitzenden Statthalter noch die Bitte, sein Vorhaben bei den Ohren des Fürsten durch ein Schreiben gnädigst befürworten zu wollen; „denn der höchste und beinahe einzige Genuß derjenigen, die nach dem Guten streben, besteht darin, daß ihre Gesinnung zu der göttlichen Kenntniß der hohen Fürsten gelangt."

Ueber die am Schlusse aufgeführten Ereignisse, welche die gemina Persidos flumina, Libyae arva sitientia, convexa Rheni cornua und Nili ora multifida zum Schauplatz haben und die in den

Mänianischen Schulen gefeiert werden sollen, finden sich in den wenigen Schriftstellern, die jene Zeiten behandeln — hieher gehören vorzugsweise Aur. Victor, Eutropius und Orosius, welcher letztere übrigens aus Eutropius schöpfte — nur dürftige, mitunter notizenartige Nachrichten.

Die Aeßerung des Eumenius: sub tua, Diocletiane Auguste, clementia Aegyptum furore posito quiescentem bezieht sich auf den Feldzug gegen Achilleus 296 und 297, der bei dem allgemeinen Aufstande der afrikanischen Völkerschaften zu Alexandrien den Purpur angenommen hatte. Achilleus ward von Diokletian in Alexandrien acht Monate belagert und dann auf dessen Befehl getödtet, nachdem er über fünf Jahre sich im Besitz Aegyptens behauptet hatte. Was man aber von der gerühmten clementia Diokletians zu halten habe, ergibt sich aus Eutrop. IX, 23: Diocletianus obsessum Alexandriae Achilleum octavo fere mense superavit eumque interfecit. Victoria acerbe usus est. Totam Aegyptum gravibus proscriptionibus caedibusque foedavit. Ea tamen occasione ordinavit provide multa et disposuit, quae ad nostram aetatem manent; vergl. Oros. VII, 25. Neben Alexandrien, wurden auch noch andere Städte, wie Busiris in Mittelägypten und die reiche Handelsstadt Koptos im Süden auf Befehl Diokletians verwüstet. Die blutige Strenge sollte die Aegyptier für die Zukunft von Aufständen und Raubkriegen abhalten. Ueber die zweite Waffenthat: te, Maximiane invicte, perculsa Maurorum agmina fulminantem im J. 297. finden sich außer Eutrop. IX, 23: Maximianus quoque Augustus bellum in Africa profligavit domitis Quinquegentianis et ad pacem redactis und Oros. VII, 25 anderwärts keine Nachrichten. Nach paneg. V, 8: Tu feroces Mauritaniae populos inaccessis montium jugis et naturali munitione fidentes, expugnasti, recepisti, transtulisti besiegte er die wilden Horden Mauritaniens, welche von ihren Gebirgsschluchten aus die Provinz Afrika mit verheerenden Raub= zügen heimgesucht hatten, nöthigte sie, ihre schwerzugänglichen Gebirgsgegenden zu verlassen und andere Wohnsitze einzunehmen [28]). Mit diesem Feldzuge hängt wol auch die Besiegung Julians zusammen, der in Italien als Imperator aufgetreten war und Aufrifa in seine Gewalt zu bringen gesucht hatte, nach seiner Niederlage aber sich selbst den Dolch in die Seite stieß und sich dann in das Feuer stürzte. Aur. Vict. Caes. 39. und epit. 39. Die weitere Anführung: sub dextera tua, domine Constanti, Bataviam Britanniamque squalidum caput silvis et fluctibus exserentem bezieht sich auf die Wiedereroberung Bataviens 294 und Britanniens 296. Da diese den Inhalt des paneg. IV. bildet, so wird sie in Folgen= dem gesondert behandelt werden. Die letzte Aeußerung: te, Maximiane Caesar, Persicos arcus phare- trasque calcantem bezieht sich auf den Feldzug des Galerius, den Diokletian 296. den Persern entgegen= stellte, um dem vertriebenen Armenierkönig Tiridates, dessen Land der Perserkönig Narseus gewaltsam in Besitz genommen hatte, neuerdings zu seinem Reiche zu verhelfen. Allein nach mehreren unentschiedenen Treffen erlitt Galerius mehr aus Unüberlegtheit als aus Feigheit in der baum= und wasserlosen Ebene zwischen Kallinicum und Karrhä, wie ehedem Crassus, eine schwere Niederlage. Nach Syrien zurückfliehend erschien er beschämt vor dem aus Antiochien ihm entgegenfahrenden Diokletian; der aber ließ umlenken

---

[28]) Ob jene Fünfvölfer, die auch bei Aur. Vict. Caes. 39, 22 erwähnt werden, mit diesen mauritanischen Völkerschaften für identisch, oder für besondere Völkerschaften in Libyen, etwa für die Einwohner der libyschen Pentapolis: Berenice, Ptolemais, Arsinoe, Apollonia und Cyrene zu halten seien, ist eine schwerlich zu lösende Frage. Pagi 318 § 9 nimmt das Letztere an; Manso Leb. Const. S. 353 das Erstere.

und den tiefgebeugten Cäsar im Purpur eine gute Strecke neben dem Wagen herlaufen. Mit Mühe erhielt Galerius das Zugeständniß zu einer neuen Truppensammlung in Mösien und Jllyrien; er unternahm im J. 297 einen Rachezug, auf dem er einen glänzenden Sieg über Narseus erfocht, durch welchen nebst den kostbarsten Schätzen sogar des Narseus nächste Anverwandte, Frauen, Schwestern und Kinder in die Hände des Galerius geriethen, der sie aber, wie ein zweiter Alexander, edelmüthig behandelte. Den Narseus trieb Galerius in die entlegensten Einöden seines Reichs und wurde dann bei seiner Rückkehr in Mesopotamien von Diokletion mit großen Ehren empfangen. Eutrop. IX, 24 u. 25. Aur. Vict. Caes. 39, 34. Oros. VII, 25.

Ueber die Zeit, wann die Rede pro instaurandis scholis gehalten worden sei, ist Folgendes zu bemerken: Manso, Leb. Const. S. 350 nimmt als wahrscheinlich das Jahr 295 an. Als Grund für diese Annahme führt er an, daß von allen den Fehden (?), die seit dem Jahre 286 den Römern Gefahr drohten, noch keine beigelegt, wol aber alle Anstalten zu ihrer Beseitigung gtroffen und nach c. 21. alle Feldherrn auf ihrem Posten seien; in dem genannten cap. sei offenbar nicht von schon beendigten, sondern von unternommenen, aber noch unentschiedenen Kriegen die Rede; gesetzt daher, Eumenius sprach erst im folgenden Jahr, so müßte er doch vor des Constantius Abreise nach Britannien gesprochen haben. Manso hat hier einen Jrrthum begangen. Daß die Rede nicht vor, sondern nach dem Feldzug in Britannien zu setzen sei, geht hervor aus cap. 18, wo die Befreiung und Wiedergewinnung dieses Landes als eine vollendete Thatsache angegeben ist; ferner aus cap. 4, wo Eumenius anführt, daß die Kaiser zur Wieder=herstellung der zu Grunde gegangenen Gebäude in Augustobunum überseeische Bauleute (artifices trans-marinos) herbeizogen; diese aber hatte Constantius aus Britannien mit herübergebracht. paneg. IV, 21. Hiemit ist auch die Behauptung Manso's gegen Pagi crit. in ann. Baron. p. 316. §. 5. zum Theil widerlegt, daß nämlich in dem genannten cap. nicht von schon beendigten, sondern blos unternommenen und noch unentschiedenen Kriegen die Rede sei, abgesehen davon, daß auch die Befreiung Bataviens von den Franken bereits in das Jahr 294 gehört, wie Manso a. a. O. selbst angibt. De la Baune und Bähr röm. Littgesch. II, S. 352 setzen die Rede in das Jahr 296. Fabrizius bibl. lat. II, p. 769 und Arntzenius p. 228 in das Jahr 297 oder 298. Arntzenius stellt sie in Bezug auf die Zeit der Ab=haltung dem paneg. IV nach; ebenso Heyne cens. XII. paneg. vet. op. acad. VI. p. 103. A. c. obgleich er sie p. 97 in das Jahr 296 setzt. Die Ansicht des Arntzenius ist die richtige d. h. die Rede pro inst. sch. ist in der zweiten Hälfte des Jahres 297 gehalten und nicht, wie die gewöhnliche, von de la Baune eingeführte, von Cellarius, Jäger, Arntzenius und Walpy der Bequemlichkeit halber eingehaltene Reihen=folge angibt, vor den paneg. IV. Constantio Caes. rec. Brit., sondern nach denselben zu setzen. Denn 1) geht aus paneg. IV, 1. hervor, daß Eumenius schon vor seiner Berufung in die Dienste des Con=stantius eine Rede auf Maximian hielt, die wir nicht mehr besitzen, und daß er seitdem nicht mehr als öffentlicher Redner sprach. Wie konnte aber Eumenius an der genannten Stelle von langem Schweigen reden, wenn er kurz zuvor in der Rede pro inst. sch. den Constantius und Maximianus gefeiert hätte? Also war auch die letztere noch nicht gesprochen, als der paneg. IV gehalten wurde. Umgekehrt schließt die Aeußerung pro inst. sch. c. 1., daß er noch niemals auf dem Forum zu Augustobunum gesprochen habe, nicht aus, daß er zuvor in Trier den paneg. IV auf Constantius gesprochen. 2) Würde die Jllu=stration des Galerius pro inst. sch. c. 21 höchst komisch sich ausnehmen, wenn nicht bereits dessen Sieg

über Narseus 297 den schwarzen Fleck der im vorhergehenden Jahre erlittenen Niederlage ausgetilgt
hätte. Dieses war aber noch nicht geschehen, als Eumenius am 1. März 297 den paneg. IV hielt.
Denn während cap. 21 der genannten Rede die drei anderen Imperatoren in ganz ähnlicher Weise, wie
in der Rede pro inst. sch. c. 21 gefeiert werden, ist Galerius übergangen, offenbar, weil derselbe im
Frühjahr 297 seine im vorhergehenden Jahre erlittene Niederlage noch nicht wieder gut gemacht hatte
und ihr übler Eindruck den Redner veranlaßte, ganz von ihm zu schweigen.³⁾ Die Rede pro inst. sch.
ist also, während der paneg. IV am 1. März d. J. 297 nach der Rückkehr des Constantius aus
Britannien, während Maximians Feldzug in Mauritanien c. 5, 2. gesprochen wurde, nach diesem und
zwar auf Grund der Bemerkung pro inst. sch. 4, 3: et devotissimarum hiberna legionum, quarum
invictissima robora ne in his quidem, quae nunc cum maxime gerunt bellis, requirunt gegen Ende
dieses Jahres zu setzen. Demnach ist es auch erklärlich, warum in der Rede pro inst. sch. bei dem
sonst reichlichen Lobe des Constantius dessen Kriegsthaten sehr wenig berührt werden. Daß Eumenius
die Rede pro inst. sch. beim Antritt seines neuen Amtes gehalten habe, wie Heyne op. acad. VI. p. 97.
und Monnard p. 44 angeben, ist lediglich eine Vermuthung, die der Umstand hervorgerufen haben mag,
daß Eumenius in derselben von seiner Ernennung spricht. Hievon zu reden lag im Zweck seiner Rede.
Mehr Wahrscheinlichkeit hat die Annahme für sich, daß Eumenius sein Amt bereits angetreten hatte und
dann auf den Gedanken kam, auch die früheren, noch in Schutt liegenden Schulgebäude wieder aufzubauen. Hiezu berechtigt einerseits der Umstand, daß der Redner von einem Amtsantritt kein Wort spricht,
andererseits c. 2. und 3. im Gegensatz zu seinem augenblicklichen Auftreten als Redner von seinen stilleren
rednerischen Studien und seinem Lehramte spricht, für das er allein sich befähigt fühle.

b. Lobrede auf Constantius nach der Wiederunterwerfung Britanniens.

Diese Rede ist gehalten am 1. März d. J. 297, dem Jahrestage der Ernennung des Constantius
zum Cäsar, in Gegenwart desselben, nach Beendigung des britannischen Feldzuges. Wo sie gehalten wurde,
ist nirgends angegeben; daraus läßt sich abnehmen, daß sie an dem gewöhnlichen Aufenthaltsort des Constantius, in seiner Residenz zu Augusta Trevirorum stattfand. Ihrem Zwecke nach ist dieselbe eine
Glückwunschrede auf die errungenen Siege, vorzugsweise über die in Britannien nacheinander herrschenden
Empörer Carausius und Allectus und auf die damit verbundene Wiedereroberung dieses Landes. Die
Ereignisse dieses Krieges bilden den größten Theil ihres Inhalts und werden zu reichlichen Loberhebungen
für den Cäsar Constantius ausgebeutet.

In der Einleitung erklärt Eumenius, daß er nach langem Schweigen bei diesem neuen rednerischen
Versuch mit großer Zaghaftigkeit erfüllt sei 1) wegen der Schwierigkeit, die Tugenden der Kaiser in deren
Gegenwart würdig zu preisen; er habe dieses bereits früher gefühlt, da er noch als Lehrer der Rhetorik
des Diokletian und Maximian erste Verdienste um die neuerdings aufblühende römische Herrschaft in einer

---

³⁾ Die Aeußerung des Eumenius paneg. IV, 3, 3: Partho quippe ultra Tigrim redacto bezieht sich auf frühere Waffen-
thaten Diokletians im J. 286 und 287, als dieser ohne die beiden Cäsare noch mit Maximian allein regierte.

Lobrede feierte; 2) wegen der Unterbrechung seiner rednerischen Stubien, von denen er durch Berufung in die kaiserlichen Dienste und später durch ländliche Beschäftigungen abgezogen worden sei; 3) weil seit jener Zeit, wo er jene seine erste Lobrede auf Maximian hielt, mit den zahlreichen Großthaten der Kaiser deren Ruhm in erstaunlichem Maße gewachsen sei. Doch ihn stärke das Bewußtsein, vor Constantius zu reden, durch dessen Gunst ihm ehedem das Glück zu Theil geworden, zu den Ohren des Maximian sprechen zu dürfen, wodurch er zuerst an das Licht gezogen worden sei. Auf die Erinnerung des Constantius vertrauend will er daher alles damals Gesprochene übergehen und nur von dem reden, was seitdem vorgefallen, mit Ausschluß dessen, woran er im Dienste des Constantius selbst Theil genommen [1]).

Den Anfang der Glückwünschung macht der Redner mit einer Apostrophe an den Frühling und an die Calenden des März, den Ernennungstag des Constantius. Dabei bekommen wir blaue Wunder zu hören, die ein für allemal als Probe panegyrischer Ueberschwänglichkeit hier anzuführen gestattet sein möge: „Jener göttliche Aufgang der kaiserlichen Majestät strahlte herrlicher als der Beginn des Frühlings divinus ille vestrae majestatis ortus ipso, quo illuxit, auspicio veris illustrior, ihm lächelte ein ungewöhnlich heiterer Tag, ihm glühte in außergewöhnlicher Hitze die Sommersonne entgegen, in größerem Lichtglanze strahlend, als ehedem, da sie den Anfang der Weltgeburt mit ihrem belebenden Strahle begrüßte augustiore fulgens lumine, quam cum originem mundi nascentis animavit; damals bei den zarten Uranfängen der Welt mäßigte sie sich, um durch ihre Hitze nicht zu schaden, jetzt mußte sie ringen, um nicht von der kaiserlichen Majestät verdunkelt zu werden nunc certasse dicitur, ne majestate vestra videretur obscurior. Das aufgehende Gestirn der großmächtigen Cäsare übertrifft alle Reize des Frühlings: O felix beatumque ver novo partu, jam non amoenitate florum, nec viriditate segetum, nec gemmis vitium, nec ipsis tantum Favoniis et luce serena tam [2]) laetum atque venerabile, quantum ortu Caesarum maximorum! o tempus, quo merito quondam omnia nata esse credantur, cum eodem nunc confirmata esse videamus. O Kalendae Martiae, sicuti olim annorum volventium, ita nunc aeternorum auspices imperatorum! Nicht nur die Geschäfte und die Sorge für das Reich, sondern auch die verwandte Majestät des Jupiter und Herkules, die in den Herrschern Jovius und Herculeus sich darstellt, verlangt, daß auch unter den Kaisern

---

[1]) Quibus officio delati mihi a divinitate vestra muneris interfui, c. 2, 1; gleich barauf: ne meis quoque stipendiis videar gloriari. Schon be la Baune bemerkt gegen Livinejus, daß hier stipendia nicht wörtlich als Soldatendienst, sondern in metaphorischem Sinne zu verstehen sei. Eumenius braucht dieses Wort in ähnlicher Weise pro inst. schol. 5, 4: ad stipendia sacrarum cognitionum provehi. Der Feldzug, an welchem Eumenius in kaiserlichen Diensten Theil genommen hatte, war gegen die Alemannen gerichtet: captus scilicet rex ferocissimae nationis inter ipsas, quae moliebatur, insidias, et a ponte Rheni usque ad Danubii transitum Guntiensem deusta atque exhausta penitus Alamannia 2, 1. Derselbe fällt in das J. 287. und war von Maximian unternommen. Mam. pan. I. c. 5 u. 7; pan. II. c. 17. Aus dem Mangel weiterer Nachrichten über diesen Krieg und aus der angeführten Aeußerung des Eumenius läßt sich abnehmen, daß sich derselbe auf die Verwüstung des alemannischen Grenzgebietes (von Mainz bis an den Donauübergang bei Günzburg) beschränkte. Daß der Panegyrist übertreibt, mag schon der Umstand bezeugen, daß die Alemannen eilf Jahre später (298) mit einem sehr zahlreichen Heere neuerdings in Gallien einfielen und im ersten Zusammentreffen mit Constantius im Gebiete der Lingonen sogar den Sieg davon trugen, wobei Constantius nur mit Mühe der Gefangenschaft entging. Unmittelbar darauf erlitten die Alemannen jedoch eine entscheidende Niederlage. Eutrop. IX, 23.

[2]) Eyssenhardt, lectiones paneg. p. 9.

jene am Himmel und auf der Erde sich findende Vierheit bestehe, auf die Alles sich gründet, wie die vier Elemente, die vier Jahreszeiten, der durch einen doppelten Ocean in vier Theile getheilte Erdkreis, das Lustrum, das Viergespann der Sonne, die beiden Leuchten des Himmels vereint mit Vesper und Lucifer. Das Licht der Sonne steht zurück hinter dem strahlenden Lichte ihres sorgenden Geistes, mit dem die Kaiser Tag und Nacht den Erdkreis beglücken; ihre Wohlthaten sind fast zahlreicher als die der Götter.“

Nach solchen wahnwitzigen Ergüssen geht Eumenius auf sein eigentliches Thema, auf die siegreichen Kämpfe des Constantius zur Wiedereroberung Britanniens über, indem er die gleichzeitigen Siege der übrigen Kaiser über die Sarmaten, über Aegypten und über die Carper zu einer anderen Zeit feiern zu wollen verspricht. Da die in diesem Panegyricus geschilderten Thatsachen ihm seinen eigentlichen Werth verleihen, wollen wir versuchen, dieselben in Zusammenhalt mit den spärlichen Nachrichten der damaligen Schriftsteller zu einer geschichtlichen Darstellung dieses Feldzuges zusammenzufassen.

Die zehnjährige Trennung Britanniens vom römischen Reiche 287—296 incl., die daselbst bestehende Herrschaft des Carausius 287—293 incl., des Allectus 294—296 und die Wiedervereinigung unter Constantius ist, abgesehen von den Panegyriken, nur kurz berichtet bei Eutrop. IX, 21 u. 22. Aur. Victor Caes. 39, 20—21. u. 39—42. Oros. VII, 25. (nach Eutrop.). Aus diesen Schriftstellern erfahren wir hierüber Folgendes: Carausius, ein Menapier von geringer Herkunft, der sich bei der Bekämpfung der Bagauden unter Maximian durch Tapferkeit, Entschlossenheit und militärische Disciplin großen Ruhm erworben hatte und für einen erfahrenen Seemann galt, war von Maximian beauftragt worden, in der Gegend von Bononia eine Flotte auszurüsten, um die Nordküsten von Gallien gegen die Einfälle der Franken und Sachsen zu schützen und überhaupt auf jenem Meere Sicherheit und Ruhe herzustellen. Er nahm zwar eine Menge der räuberischen Barbaren gefangen und vernichtete viele ihrer Schiffe, stellte aber die ihnen abgenommene Beute weder den geplünderten Bewohnern der Provinzen vollständig zurück, noch schickte er sie an Maximian, sondern behielt sie für sich. Dadurch war der Verdacht entstanden, er lasse die Feinde absichtlich dahin kommen, um dieselben bei ihrer Rückkehr abzufangen und sich auf diese Weise mit der gemachten Beute selbst zu bereichern. Deßhalb gab Maximian den Befehl, ihn zu tödten. Carausius aber war schlau und merkte die Gefahr, versicherte sich der Flotte, bemächtigte sich Britanniens und nahm den Purpur, 287 [3]). Da man gegen den kriegserfahrenen Mann nichts auszurichten vermochte, mußte man einen Frieden mit ihm schließen 290. und ihm die Herrschaft auf seiner Insel lassen, für welche er sich durch nützliche Anordnungen und durch Beschützung der Einwohner gegen kriegerische Einfälle vollständig geeignet erwies. Sieben Jahre nach Beginn seiner Herrschaft 293 oder 294 [4]) ermordete ihn, um auf diese Weise sich selbst von der drohenden Todesgefahr zu retten, sein Waffengenosse Allectus, der nach ihm noch drei Jahre Britannien beherrschte, dann aber von Constantius, oder vielmehr von dem mit einem Theile der Flotte und Legionen vorausgeschickten Befehlshaber der Leibwache, Asclepiodotus, ver-

---

[3]) Durch Wegführung der Flotte hatte Carausius jede augenblickliche Verfolgung von Seite Maximians unmöglich gemacht. Dieser ließ mit großem Aufwand von Zeit und Mühe eine neue Flotte bauen, die bereits fertig war, als Mamertinus seinen ersten Panegyricus auf Maximian hielt (289); vgl. **Mam. pan. I. c. 12.** Allein die schönen Hoffnungen, denen dieser Lobredner sich hingibt, gingen nicht in Erfüllung.

[4]) Eutrop. und Orosius: post septennium. Aur. Victor: sexennio post.

nichtet wurde, gegen Ende d. J. 296. So wurde Britannien nach zehn Jahren wieder für das Reich gewonnen.

Soviel bieten die genannten Schriften. Der vorliegende Panegyricus ergänzt dieselben auf folgende Weise: Nach seiner Ernennung zum Cäsar hielt es Constantius für seine erste Aufgabe, die zu seinem Reichsantheil gehörige Nordküste von Gallien und die Insel Britannien wieder zu gewinnen und eilte in raschem Zuge von Oberitalien aus durch Gallien, um vor allem den Hauptstützpunkt des Carausius an der belgischen Küste, die Hafenstadt Gesoriacum oder Bononia durch eine energische Belagerung wegzunehmen 293. Gleichzeitig mit der Belagerung zu Land wurde die zur See begonnen. Um der Besatzung das Entkommen nach Britannien und von daher jede Unterstützung von Seite des Carausius unmöglich zu machen, sperrte Constantius den Hafenzugang durch einen Damm, indem er Baumstämme einrammen und Felsblöcke einsenken ließ[1]), eine Maßregel, die Eumenius als Heldenthat feiert, indem er in kleinlicher Weitschweifigkeit die Ehrfurcht des Oceans gegen dieses wunderbare Bauwerk des Constantius schildert, das jener nicht zu durchbrechen gewagt habe, bis die Eroberung des Platzes vollendet war. Von allen Seiten eingeschlossen, mußte sich endlich die Besatzung ergeben, wurde aber von Constantius milde behandelt. Unmittelbar nach der Eroberung von Bononia den Carausius in Britannien selbst anzugreifen, war wegen Mangels einer entsprechenden Flotte nicht möglich. Constantius traf sofort Anstalten zur Erbauung einer solchen. Während dieser Zeit unternahm er die Bekämpfung der feindlichen Nachbarvölker, der Franken, welche kurz vorher im Einverständniß mit Carausius Bataviens und der angrenzenden Küstenländer sich bemächtigt hatten. Die Bekriegung derselben war vor allem nothwendig, um den Carausius des Beistandes dieser mächtigen Bundesgenossen zu berauben. Eumenius schildert die wasserreichen, noch dazu durch Regengüsse aufgeweichten Gegenden jenes von den Krümmungen der Schelde durchschnittenen und von den Armen des Rheins umschlossenen Küstenlandes als eine Hauptschwierigkeit auf jenem Feldzuge, die aber ebensowenig wie die Schlupfwinkel der Wälder die Barbaren vor der Unterwerfung schützen konnte. Dieselben mußten dieses Land räumen und wurden zum Theil in die durch die vorhergehenden feindlichen Enfälle und durch den Bagaudenkrieg entvölkerten Gegenden Galliens, in das Gebiet der Ambianer (Amiens), Bellovacer (Beauvais), Tricassen (Troyes) und Lingonen (Langres)[2]) verpflanzt, um die veröbeten Felder als Landbauer zu bearbeiten. Mit Wohlbehagen spricht Eumenius von den in den Häfen sitzenden Schaaren gefangener Barbaren, von den scheuen Geberden der Männer, von den vorwurfsvoll auf ihre Söhne blickenden Müttern, gefesselten Gattinen, in einheimischer Mundart schwatzenden Kindern, bestimmt zum Dienste der Provinzbewohner und zum Anbau der vielleicht von ihnen selbst verwüsteten Gegenden[3]). „Es ackert mir der Chamaver und der Frise, und jener Landstreicher,

---

[1]) c. 6 vergl. Paneg. VI, c. 5.

[2]) c. 21, 1.

[3]) viros attonita feritate trepidantes, respicientes anus ignaviam filiorum, nuptas maritorum copulatas vinculis, pueros ac puellas familiari murmure blandientes. Eyssenhardt sucht die Stelle zu emendiren, indem er statt respicientes setzt despicientes. Das Letztere wäre allerdings natürlicher. Allein da die Handschriften übereinstimmend respicientes haben, so scheint jene Aenderung mehr eine Correctur, als eine Emendation zu sein. Die weitere Emendation Eyssenhardts: copulatas in copulatos mit Beziehung auf pueros und puellas ist kaum haltbar, indem nach der in die Augen springenden Satzordnung

jener Freibeuter arbeitet beschmutzt von der Arbeit und besucht meine Jahrmärkte mit verkäuflichem Vieh, und der fremde Bauer verringert den Getreidepreis. Ja sogar wenn er zur Aushebung gerufen wird, eilt er herbei, wird an strengen Gehorsam gewöhnt, sein Nacken wird gebändigt und er ist froh, Sklave zu sein unter dem Namen des Kriegsdienstes" ⁸).

Sobald die Rüstungen beendigt waren, unternahm Constantius im J. 296. den Feldzug nach Britannien, wo, wie aus anderen Schriftstellern bereits angegeben wurde, unterdessen Carausius durch Allectus seinen Tod gefunden und letzterer selbst den Kaisertitel angenommen hatte ⁹). Eumenius bezeichnet diesen Krieg als nothwendig und schwierig ¹⁰); nothwendig, einerseits weil jetzt nach Wiedereroberung aller unter der kraftlosen Regierung des Gallienus vom Reiche gelösten Provinzen Britannien noch allein getrennt war; — es hatte sich dieses, nachdem Aurelian durch glückliche Kriege die einzelnen Theile des Reiches wieder vereinigt und mit Gallien auch die genannte Insel wieder gewonnen hatte 273, durch den Abfall des Carausius von neuem losgerissen — andererseits weil der Besitz dieses Landes wegen seiner Fruchtbarkeit, seiner herrlichen Weiden, seines Reichthums an Mineralien, seiner reichen Einkünfte, seiner zahlreichen Häfen und wegen seines ansehnlichen Umfangs von großer Wichtigkeit war ¹¹). Mit größerem Rechte betont Eumenius die Schwierigkeiten, die mit der Wiedereroberung Britanniens verbunden waren. Er stellt einen Vergleich an mit den Zeiten Jul. Cäsars: Damals hatte Britannien noch keine Kriegs=flotte ¹²). Rom dagegen war seit den punischen und afiatischen Kriegen, insbesondere durch die kurz vor=hergehenden Kämpfe mit den Seeräubern und gegen Mithridates ebensogut im See= wie im Landkriege geübt. Dabei waren die Bewohner Britanniens damals noch ungebildet und gewohnt, nur die Picten

---

copulatas offenbar das Attribut zu nuptas ist. Dabei ist es nicht nothwendig, copulatas wörtlich zu fassen „aneinandergefesselt"; den Panegyristen kommt es in ihren Schilderungen auf ein mehr oder weniger in den meisten Fällen nicht an, wenn nur ein lebhaftes Bild entsteht.

⁸) Vergl. paneg. VI, 6, 2.; inc. pan. V, 4, 2. Preuß Diokl. u. f. Z. S. 55 bemerkt zu dieser Stelle, daß durch diese Massen von Germanen, welche unter Maximian, Constantius, Constantin und seinen Nachfolgern theils als Colonen in das Reich geführt worden sind, theils als Soldaten und Beamte Eingang gefunden haben, das nördliche Gallien schon vor der fränkischen Invasion halb germanisch geworden ist. „Diese deutschen Ansiedler hatten für das damalige Römerthum nur als Ackerbauer, Steuer=zahler und Rekruten Bedeutung; in der Weltgeschichte sind sie mehr, sie sind, wenn auch theilweise unfreiwillig, die Pioniere der germanischen Völkerwanderung."

⁹) archipiratam satelles occideret et illud auctoramentum putaret tanti discriminis imperium. 12, 2.

¹⁰) Cujus magnitudo hactenus replicabitur, si prius dicam, quam necessarium illud et difficile bellum fuerit, *quo magis* confectum sit. c. 9, 6. Acidalius erklärt die Stelle für verdorben oder lückenhäft. Man hat Verschiedenes: quod a te, quo majus zu emendiren gesucht. In Zusammenhalt mit cap. 13: Hoc igitur bellum tam necessarium, tam difficile aditu, tam inveteratum, tam instructum, ita, Caesar, aggressus es, ut statim atque illo infestum majestatis tuae fulmen intenderas, confectum omnibus videretur, erscheint es am natürlichsten, statt quo magis zu lesen *quamvis mox*.

¹¹) c. 12. Noch andere sonderbare klingende Vorzüge Britanniens schildert Eumenius pan. VI, 9, wo er dessen gemäßigtes Klima, seine üppigen Saaten und Weinpflanzungen, seine von wilden Thieren freien Wälder, seine großartige Viehzucht, seine langen Tage und hellen Nächte preist. Hiegegen Gibbon Gesch. d. Verf. u. Unterg. d. röm. R. II, S. 389. A. 27. vergl. Caes. bell. Gall. V, 12. Strabo IV, 5, 2 u. 3. II, 5, 8. Tac. Agricol. 12.

¹²) Caes. bell. Gall. IV, 25: ..... naves longas, quarum species barbaris erat inusitatior ..... navium figura et remorum motu et inusitato genere tormentorum permoti barbari constiterunt .....

und Hibernier als Feinde zu sehen, noch halbnackt [13]) und wichen also leicht den römischen Waffen und Fahnen, so daß Cäsar fast nur den einzigen Ruhm beanspruchen konnte, das Meer befahren zu haben. Jetzt dagegen stand den Römern bei der Bekriegung Britanniens eine Flotte entgegen, noch dazu gebildet aus den eigenen Schiffen, die, zum Schutze der gallischen Küste bestimmt, Carausius mit sich fortgeführt und durch andere nach römischem Muster gebaute Schiffe noch vermehrt hatte. Es war ihm gelungen, nicht nur die zum Schutze Britanniens aufgestellte Legion und mehrere Abtheilungen Hülfsvölker auf seine Seite zu bringen, sondern auch die handeltreibenden Bewohner der gallischen Küste und ansehnliche Truppenmassen der Barbaren gewann er für seine Dienste, so daß er über eine Achtung gebietende Truppenzahl verfügen konnte, die er als ein gewandter Seemann für den Seekrieg trefflich einschulte. Dagegen waren die Truppen, die Maximian mit einer neuen Flotte 289 und 290 ihm entgegengestellt hatte, im Seedienst Neulinge und zogen gegen die geübten Seesoldaten des Carausius den Kürzeren. Die Sprache des Panegyristen c. 12, 2: ut illam inclementiam maris, quae victoriam nostram fatali quadam necessitate distulerat, pro sui terrore jactarent, nec consilio intermissum esse bellum, sed desperatione omissum crederent übersetzen wir uns und sagen: die Truppen oder die Flotte Maximians haben eine Schlappe erlitten; der Umstand, daß Mamertinus in seinem 2. Panegyricus auf Maximian über die Erfolge der im 1. Paneg. gerühmten glänzenden Rüstungen schweigt, daß die Kaiser mit Carausius Frieden schloßen und ihn förmlich anerkannten, daß Constantius keine Flotte hatte, um nach der Einnahme Bononia's den Carausius zu verfolgen, berechtigt zu diesem Schlusse, der auch durch Eutrop. IX, 22 begründet wird: cum Carausio tamen, cum bella frustra tentata essent contra virum rei militaris peritissimum, pax convenit [14]).

Unter diesen Umständen also nahm Constantius den Kampf gegen den an die Stelle des Carausius getretenen Allectus auf. Während Maximian am Rhein Stellung nahm, um Gallien gegen jeden etwaigen Angriff von Seite der germanischen Völkerschaften zu schützen [15]), bildete Constantius zwei Flotten, von denen die eine (unter Asclepiobotus) von der Mündung der Seine, die andere unter seiner eigenen Führung aus dem Hafen von Gesoriacum auslief, dem portus Itius, von dem aus auch Jul. Cäsar seine Ueberfahrt nach Britannien unternommen hatte [16]). Daß Constantius den Krieg nicht blos anordnete, sondern in höchst eigener Person den Feldzug unternahm und die Flotte anführte, wird von Eumenius mit besonderem Nachdruck hervorgehoben: Während so mancher der früheren Kaiser in Rom blieb und aus den von den Feldherrn auswärts errungenen Siegen Triumph ärntete, — wie denn einst Fronto in einer

---

[13]) Nach Caesar b. G. V, 14 bekleidet mit Thierfellen.

[14]) Münzen des Carausius beschreibt Eckhel doctr. num. vet. vol. VIII, 44. Dieselben zeigten das Bild der Pallas mit der Inschrift: comes Auggg., oder des Herkules mit der Inschr.: conservatori, oder eine weibliche Figur mit der Inschr.: pax Auggg., oder Carausius et fratres sui. Böcking not. dignit. II. p 549. Anm.

[15]) Bei dieser Gelegenheit erhält auch das Bild Maximians wieder einige dick aufgetragene panegyrische Pinselstriche: Tu enim ipse, tu domine Maximiane, imperator aeterne, novo itineris compendio adventum divinitatis tuae accelerare dignatus repente Rheno institisti omnemque illum limitem non equestribus neque pedestribus copiis, sed praesentiae tuae terrore tutatus es. Quantoslibet valebat exercitus Maximianus in ripa. c. 13, 3.

[16]) Ueber die Identität des portus Itius mit Gesoriacum oder Bononia (Boulogne) vergl. Napoleon Gesch. J. Cäsars II. S. 160 u. f. An der Seinemündung hatte auch J. Cäsar seine Schiffe bauen lassen. Strabo II, 8, 3.

Lobrede auf Antoninus diesem den Ruhm des durch Andere ausgeführten britannischen Feldzugs beilegt, während dieser selbst in seinem Palast zu Rom nur den Befehl dazu gegeben hatte — wagte sich Constantius selbst auf den stürmischen Ozean und erregte dadurch bei seinen Truppen eine solche Begeisterung, daß, als die Anführer der in der Seinemündung liegenden Flotte der ungünstigen Witterung wegen mit der Abfahrt zögerten, und man die Nachricht erhielt, daß Constantius dessenungeachtet bereits von Gesoriacum ausgelaufen sei, die Soldaten stürmisch die Abfahrt verlangten: Omnium, ut dicitur, accepto nuntio navigationis tuae, una vox et hortatio fuit: quid dnbitamus? quid moramur? ipse jam solvit, jam provehitur, jam fortasse pervenit. Experiamur omnia, per quoscunque fluctus eamus; quid est, quod timere possimus? Caesarem sequimur![11]) In der That lag auf dem Meere ein so dichter Nebel, daß die Flotte des Asclepiobotus an der feindlichen Flotte, die bei der Insel Vecta (Wight) auf der Lauer lag, unbemerkt vorüberfuhr. Asclepiobotus setzte seine Truppen ungehindert an das Land und ließ seine Schiffe in Brand stecken. Allectus erwartete die von Gesoriacum auslaufende Flotte an der gegenüberliegenden Küste im Hafen von Dubrae oder von Rutupiae. Nach der Schilderung des Panegyristen, die für uns nicht ganz klar ist, hätte Allectus bei Annäherung des Constantius die Flucht ergriffen, sei aber hier den Truppen desselben in die Hände gefallen und mit seinem Heere von ihnen vernichtet worden. In Zusammenhalt mit früher angeführten historischen Angaben fassen wir die Sache so auf, daß Allectus nach Zurücklassung einer Besatzung zur Vertheidigung der Küste gegen die Flotte des Constantius, mit dem Haupttheere landeinwärts zog, um dem von Westen her auf Londinium zu rasch vorrückenden Asclepiobotus entgegenzutreten. Eher als Allectus es erwartete, erfolgte der Zusammenstoß; seine Truppen geriethen durch seine eigene Bestürzung und Rathlosigkeit in Verwirrung und erlitten eine gänzliche Niederlage. „Von den Römern, sagt der Panegyrist, fiel fast Niemand, während die römische Herrschaft siegte, ein Vortheil, der dem Glücke des Cäsar zu danken ist. Alle jene Felder und Hügel deckten die Leichname der scheußlichen Feinde, die langen blonden Haare mit Blut und Staub überronnen, unter ihnen Allectus (ipse vexillarius latrocinii), der seine Kleidung vertauscht hatte, um nicht erkannt zu werden." Ein Theil der mit Allectus verbündeten Franken war aus dem Kampfe nach Londinium entwichen, hatte die Stadt geplündert und suchte mit der Beute seine Flucht fortzusetzen; dieselben fielen aber einer Abtheilung römischer Truppen in die Hände, die bei dem großen Nebel von der Hauptflotte abgekommen durch die Themsemündung in Londinium einlief, und wurden ebenfalls niedergemacht. Mit jener einzigen Schlacht

---

[11]) *Prior* quidem a Gesoriacensi littore quamvis *fervidum* invectus Oceanum 14, 4. Diese Aeußerung des Eumenius enthält einen doppelten Widerspruch. Nach Aur. Victor Caes. 39, 42: Asclepiodoto cum parte classis ac legionum *praemisso* war Asclepiobotos vor Constantius abgefahren und gelandet. Der anderen Angabe, daß das Meer unruhig gewesen sei, widerspricht Eumenius selbst, pan. VI, 5, 4; ita quieto mari navigavit (Const.), ut Oceanus ille tanto vectore stupefactus caruisse suis motibus videretur. Der letztere Widerspruch, der Sache nach gleichgültig, läßt sich leicht damit erklären, daß Eumenius im J. 310 ein 13 Jahre früher vorgefallenes Ereigniß zu panegyrischen Zwecken benützt, wobei es auf eine Inconsequenz nicht ankommt. Was den ersten angeht, so läßt sich aus der Rede selbst soviel feststellen, daß das Hauptverdienst bei der Entscheidung des Feldzuges dem Asclepiobotus gehört, der rasch in Britannien einbrang, den Kampf entschied und dem (vielleicht etwas früher abgefahrenen, an der britann. Küste aber zuwartenden) Constantius den Triumph ließ. Von eigentlichen Großthaten des letzteren weiß der Panegyrist nichts zu sagen, sondern er erschöpft sich in athemlosem Anpreisen des siegreichen Constantius als Befreier Britanniens.

war der ganze Krieg beendigt und die römische Herrschaft über Britannien wieder hergestellt. Deßhalb fühlt der Panegyrist sich veranlaßt, auszurufen: o victoria multijuga et innumerabilium triumphorum, qua Britanniae restitutae, qua Francorum vires penitus excisae, qua multis praeterea gentibus in conjuratione illius sceleris deprehensis imposita est necessitas obsequendi, denique ad perpetuam quidem maria purgata sunt! c. 17, 2.

Nach Anführung dieser Thatsachen bemüht sich der Redner, die Wichtigkeit des britannischen Feldzugs in ein helles Licht zu stellen durch Schilderung der Gefahren, die von Britannien aus dem ganzen Reiche drohten und die durch rasche Beendigung des Kampfes alle beseitigt wurden. Der Krieg hätte leicht über den Ocean und über das Mittelmeer sich ausdehnen können, wie ehedem zur Zeit des Kaisers Probus, wo ein Theil der besiegten Franken nach geschehener Unterwerfung die Küsten von Kleinasien, Griechenland Libyen als Seeräuber heimsuchte und sogar Syrakus eroberte[16]). Insbesondere fühlte Britannien seine Befreiung, dessen Bewohner dem Constantius bei seiner Landung entgegenströmten und in unterthänigster Verehrung als ihren Retter ihn begrüßten. Sie freuten sich nach vieljähriger Knechtschaft, nach Mißhandlung ihrer Frauen und Kinder endlich wieder frei, endlich wieder Römer zu sein; sie erhoben beim Anblick des Constantius ein Freudengeschrei und empfahlen sich und ihre Kinder dem Kaiser und seinen Söhnen. Dem gegenüber lesen wir jedoch bei Aur. Victor. Caes. 39, 39., daß Carausius durch seine Anordnungen und durch Beschützung der Einwohner gegen kriegerische Völkerschaften sich für die Herrschaft geeignet erwies. Wir dürfen annehmen, daß Britannien unter diesem pirata oder archipirata, wie Eumenius ihn nennt, sich nicht übler befunden habe, als unter der römischen Herrschaft.

Zum Schlusse erklärt der Redner dem Kaiser noch einmal die allerunterwürfigste Ergebenheit, erwähnt die überall siegreichen Waffen, die daraus hervorgehende Ruhe und Sicherheit des römischen Reiches und das Gehorchen des Erdkreises. Ganz ähnlich wie in der Rede pro inst. schol. c. 21. werden auch hier die Kaiser noch einmal namentlich aufgeführt: „wie vor nicht langer Zeit auf deinen Befehl, Diokletian Augustus, Asien durch Uebersiedlung seiner Bewohner die Einöden Thraziens bevölkerte, wie sodann nach deinem Willen, Maximianus Augustus, der in das Reich gleichsam zurückgeführte und in unsere Gesetze aufgenommene Franke die wüst liegenden Felder der Nervier und Trevirer bebaute, so beginnt jetzt durch deine Siege, Constantius, siegreicher Cäsar, was im Gebiete der Ambianer, Bellovacer, Tricassen und Lingonen noch unbewohnt war, durch den Barbaren als Landbauer von neuem zu grünen." Der Cäsar Galerius ist übergangen; der Grund wurde bereits angegeben[17]). Der Redner schließt mit einem Rückblick auf die ergebene Gemeinde der Aeduer, in deren Namen er diese Glückwunschrede halte und die durch diesen Feldzug viele Werkleute, woran Britannien reich sei, erhalten habe, um die darniederliegenden öffentlichen Gebäude und Tempel wieder aufzubauen; diese Stadt erfreue sich jetzt neuerdings des Brudernamens des römischen Volkes, da Constantius ihr neuer Gründer geworden sei.

Zur Erklärung der zuletzt erwähnten Maßregeln des Diokletian und Maximian möge Folgendes beigefügt werden: Die Versetzung asiatischer Kriegsgefangenen in die wüsten Gegenden Thraziens durch Diokletian fällt zusammen mit der c. 5. angeführten Bekriegung der Sarmaten im J. 294 und der Carper

---

[16]) Zosim. I. p. 66. vergl. Gibbon II. S. 332.   [17]) S. 32.

295 unb 296. Den Krieg gegen bie letzteren führte Galerius. Hieher gehört Eutrop. IX, 25: Varia deinceps et simul et viritim bella gesserunt, Carpis et Bastarnis subactis, Sarmatis victis, quarum nationum ingentes captivorum copias in Romanis finibus locaverunt. Auch hatte Diolletian bereits 290 bie Sarmaten unb Sarazenen bekriegt Mam. pan. II, 5. unb einen Theil jener in Syrien umher= schweifenben unb bas angrenzenbe römische Gebiet heimsuchenben Horben zu Gefangenen gemacht. Die Verpflanzung kriegsgefangener Franken in bas veröbete Gebiet ber Nervier unb Trevirer burch Maximian fällt in bas J. 291 [19]).

Dem früher S. 15 gegebenen Versprechen gemäß mögen hier noch bie Grünbe angeführt werben, welche ben Eumenius auch als Verfasser bes Paneg. IV. erscheinen lassen. Der oben angeführten Stelle aus Bernharby röm. Litteraturgesch. A. 563. stellen wir bie Behauptung entgegen: Der genannte Panegyricus ist bem Eumenius nicht willkürlich beigelegt; 2. berselbe ist seiner nicht unwerth. 1. Der Rebner hält bie genannte Glückwunschrebe im Namen ber Aebuerstabt Augustobunum c. 21: quin etiam illa, cujus nomine peculiariter mihi gratulandum, devotissima vobis civitas Aeduorum. Derselbe ist also wol ein Aebuer unb eine hervorragenbe Persönlichkeit bei ben Bewohnern von Augustobunum, nicht, wie Rhenanus will, Belga quidam. Die Benennung civitas Aeduorum statt Augustodunum braucht Eumenius auch paneg. VII, 14, 5. 2. Eumenius ist ber Vertreter seiner Vaterstabt auch im J. 311, wo er in ihrem Namen ben paneg. VII. als Danksagungsrebe hielt, vorerst noch abgesehen von paneg. VI, ben er als ihr Für= sprecher im J. 310 hielt. 3. Der Rebner sagt c. 1, 3 u. 4 von sich aus, baß er von seiner Beschäftigung als Lehrer ber Rhetorik in bie Dienste bes Kaisers berufen worben sei unb später von biesem Dienste ent= bunben sich länblichen Beschäftigungen gewibmet habe: Sed cum me meo illo veteri curriculo (quoti- diana instituendae juventutis exercitatione) *aut inter adyta palatii vestri alia quaedam sermonis arcani ratio dimoverit*, aut post indultam a pietete vestra quietem, studium ruris abduxerit ... ganz ähn=

---

[19]) Die Stelle c. 21, 1 ist mehrfach interpretirt worben. Der Text bei Arntzenius lautet: sicut ... Trevirorum arva jacuntia *Laetus* postliminio restitutus et receptus in leges Francus excoluit: Der in bas Reich zurückversetzte Läter unb ber in unsere Gesetze aufgenommene Franke bebaute u. s. w. So faßt bie Stelle auch Böcking in seinem Erc. zu b. not. dign. p. 1055 A. 47 gegen Zumpt, ber laetus abjectivisch nimmt: Der Franke bebaute, froh wieber in unseren Staat unb unsere Gesetze aufgenommen, bie wüst liegenben Gefilbe. Der Auffassung Böcking's folgt auch Preuß: Diokl. u. s. Z. 29. Derselbe bezeichnet bie Läter als „romanisirte Grenzvölker germanischer ober batavischer Abkunft, welche keinem Herrn als bem Kaiser unterthänig ihr eigenes pachtfreies Gut besaßen, von ber Kopfsteuer befreit, nur verpflichtet, ihr Grunbstück, welches sie weber verkaufen noch willkürlich verlassen burften, zu bebauen unb gegen bie stammverwanbten barbarischen Nachbarn zu vertheibigen; Lanbleute unb Solbaten zugleich. Sie bilbeten eine Art Militärgrenze an ben bebrohten Punkten ber Provinz." Als römische Heeresabtheilungen erscheinen bie Läter bei Amm. Marcell. 20, 8. u. 21, 13. Dagegen werben sie 16, 11 als barbari ad tempestiva furta sollertes bezeichnet. Ausführlich hanbelt über bie Läter Böcking exc. zu not. dignit. II. 1044—1080. Wäre bie Lesart Laetus postli- minio restitus richtig, so würben bie Läter hier bei Eumenius zum ersten Male genannt werben. Eyssenhardt lect. paneg. p. 4 liest nach ber alten Hanbschrift von Lang mit Rittershusius: velut postliminio restitutus, b. h. ber Franke (ber vorher Gallien verwüstet hatte unb bann von Maximian vertrieben wurde), bebaute gleichsam rechtlich in bas Reich zurückversetzt unb in bie römischen Gesetze aufgenommen, bie wüsten Felber ber Nervier unb Trevirer. Wir folgen bieser Lesart, bie ber Gewohnheit ber Panegyristen, mit solchen eigenthümlichen Anschauungen unb Vergleichen zu prunken, ganz entspricht unb immerhin natür- licher ist, als bas in mehreren Hanbschriften stehenbe laetus unb bas von Jäger unb Arntzenius hieraus conjicirte, für bie Zeit bes Diokletian aber nicht nachweisbare Laetus.

lich wie pro inst. schol. c. 6, 2: ut me ipsum jusserit, disciplinas artis oratoriae retractare et mediocrem quidem pro ingenio vocem... *ab arcanis sacrorum penetralium ad privata Musarum adyta transtulerit.* 4. Jene längere Unterbrechung seiner früheren rednerischen Beschäftigungen ist für den Redner die Ursache einer gewissen Unbeholfenheit paneg. IV, 1, 4: praeter illam ex otio meo tarditatem, pro inst. sch. 15, 1: meus ex otio jacens ad pristinas artes animus attolli. 5. Der angebliche Widerspruch pang. IV, c. 1, wo der Redner von langem Schweigen redet, während er doch zuvor die Rede pro inst. scholis gehalten habe, besteht nicht, da S. 31 bereits nachgewiesen wurde, daß die letztere nicht vor, sondern nach dem paneg. IV. gehalten wurde. Zu diesen sachlichen Gründen treten noch übereinstimmende Spracheigenthümlichkeiten:

<table>
<tr><td align="center">Paneg. IV:</td><td align="center">Pro inst. scholis:</td></tr>
<tr><td>1, 1: quantulacunque studii mei ferret opinio.</td><td>1, 1: quantulumcunque illud est, quod·labore ac diligentia videor consecutus.</td></tr>
<tr><td>5, 2: nuntiis jam jamque venientibus vergl. 15, 6.</td><td>21, 1: calentibus semperque venientibus victoriarum nuntiis.</td></tr>
<tr><td>2, 1: stipendia in metaphorischem Sinne als Bezeichnung eines Amtes im Dienste des Kaisers.</td><td>5, 4: stipendia sacrarum cognitionum.</td></tr>
<tr><td>10, 1: harum provinciarum a Romana luce discidium. 19, 2: tandem vera imperii luce recreati</td><td>18, 3: ad conspectum Romanae lucis emersit (Britannia).</td></tr>
<tr><td>18, 3: qua terras irrupit (Oceanus).</td><td>20, 3: vel impetu irrumpit Oceanus.</td></tr>
<tr><td>20, 3: Nihil ex omni terrarum caelique regione non aut metu quietum est, aut armis domitum, aut pietate devinctum.</td><td>20, 2: quidquid invictissimi principes urbium, gentium, nationum aut pietate restituunt, aut virtute conficiunt, aut terrore devinciunt.</td></tr>
</table>

Dazu die ganz ähnliche Erwähnung der Kaiser und ihrer Großthaten paneg. IV, c. 21. und pro inst. scholis c. 21.

Der eigentliche Grund, weßhalb man den paneg. IV. dem Eumenius abnehmen zu sollen glaubt, liegt in seiner unwürdigen Haltung. Man kann sagen: wie ist es denkbar, daß Eumenius, der in der Rede pro inst. scholis so edle Grundsätze äußert, kaum ein halbes Jahr vorher ein so niedriger Schmeichler sein und einen solchen Unsinn schwätzen konnte, wie er im paneg. IV. uns entgegentritt? wo ist in letzterem die Ruhe und gemessene Haltung, die den Eumenius im paneg. VII. charakterisirt? wo der hervorragende Verstand und die Achtung gebietende Würde, die man doch in Rücksicht auf seine vorhergehende wichtige Stellung bei Eumenius glaubt voraussetzen zu müssen? In der That sind diese Widersprüche in Eumenius vereinigt. Wenn die Rede pro inst. scholis einen würdigeren Ton äußert, so ist nicht zu vergessen, daß sie auch einen würdigeren Gegenstand behandelt; sie ist ihrem Zwecke nach keine Lobrede, das Lob der Kaiser ist dort Nebensache, und keiner von ihnen ist anwesend. Der paneg. IV. dagegen ist eine Glückwunschrede vor dem anwesenden Cäsar mit der Absicht, seine Tugenden und Großthaten zu preisen. Aber auch die Rede pro inst. scholis ist in ihrem Tone ungleich. Edle Anschauungen wechseln mit niedriger Schmeichelei; eine gewiſſe Würde des erſten Theiles wird durch die Albernheiten des zweiten wieder verwiſcht. Oder iſt es wirklich ſo unglaublich, daß derjenige, der ſein allerdings ſchmeichelhaftes Anſtellungsſchreiben an Lieblichkeit den Liedern des Amphion, an Werth den Reichthümern des Midas vorzieht, der die Ausſprüche der Kaiſer mit den Orakelſprüchen der Pythia vergleicht, in einer beabſichtigten Lobrede der Sonne ringen läßt, damit ſie vor dem aufgehenden Geſtirn der kaiſerlichen Majeſtät nicht verdunkelt werde? Solche Ungeheuerlichkeiten, mögen ſie uns auch noch ſo ſehr anwidern, charakteriſiren eben jene Zeiten. Und auch Eumenius iſt ein Kind ſeiner Zeit; er liefert den Beweis, daß man ſelbſt die geſchmackloſeſten Lobhudeleien gegen die geheiligte Perſon der Herrſcher nicht als auffallend und ent=würdigend anſah, daß man vielmehr auf beiden Seiten ſolche gewohnt war; er liefert ferner den Beweis, daß die geiſtig hervorragendſten Männer, weit entfernt, den Völkern zu einer freieren und würdigeren Denkart, zu einem edlen Selbſtbewußtſein zu verhelfen, auf der einen Seite die Sklaverei durch Wort und Beiſpiel predigten, auf der anderen einer unumſchränkten, mit einem göttlichen Nimbus umkleideten Despotie Weihrauch ſtreuten und die Tyrannen in ihrer Einbildung als von der Gottheit bevorzugte und über die gemeine Menſchheit erhabene Weſen noch beſtärkten.

(Die Fortſetzung wird in einem der nächſten Jahre folgen und nebſt den beiden anderen Reden des Eumenius auch die ſprachliche Seite der vorliegenden Panegyriſen behandeln.)